優·閱
中文閱讀與鑑賞

吳宇娟——主編
吳宇娟、呂瑞生、李栩鈺、胡仲權、賴玲華、魏美玲、
林韻文、簡秀娥、錢昭萍、葉論啟——編著

五南圖書出版公司 印行

凡例

一、本書以增進大學院校學生對本國文學的學習興趣、擴展閱讀視野，並提升語文表達能力為目標。

二、本書由嶺東科技大學十位教師組成編輯小組，共同編纂。課文選材以精簡洗鍊、富故事性與啟發性為主。期能配合學生多元需求，並貼近學生程度與生活層面，促進學習效果。

三、本書共選編二十四篇課文，足以供應大學任課教師授課所需，並可提供社會人士與學生自學之用。

四、本書選文包括古典文學十三篇與現當代文學十一篇，依課文內容別為次，加以編排。選文內容包括「古今小說的饗宴」、「遇見諸子與史傳」、「聽見心靈情感悸動的聲音」、「人間生活的體驗與紀實」、「詩歌傳誦與樂章解讀」等五大主題。

五、本書每課撰寫體例，分別依「導讀」、「正文」、「註釋」、「賞析」、「問題與思考」與「延伸閱讀」為序，依次撰寫。讀者透過此六部分的編撰導引即能自行閱讀，並領略閱讀的樂趣，藉此呼應《優．閱——本國語文選》的命名意蘊。

六、每篇課文採用版本審定的原則，古典文學作品，皆以善本為主，關於文字、分段、標點等，則以負責該篇撰述的編審委員檢視而定；現當代文學作品，採用的文本皆以原作者出版書籍、發表報章雜誌為主。

七、本書所選作品分別由多位教師註解，編撰雖力求精確，並經由原註解教師再次修訂，然疏漏之處，恐所難免。尚請博雅先進不吝斧正。

目錄

壹、古今小說的饗宴

陽羨書生
畫皮
芸娘與粥
神鵰俠侶（節選）
侯文詠極短篇選

陽羨書生

吳均

導讀

吳均（西元四六九—五二〇），字叔庠，南朝梁故鄣（今浙江省安吉縣西北）人。家世寒賤，好學有俊才。文辭清拔，頗得世人喜愛，因此文體為人仿效，號為「吳均體」。通史學，工詩，善於寫景，小品書札尤其見長，〈與宋元思書〉即其名篇。著有《齊春秋》、《廟記》、《十二州記》、《錢唐先賢傳》等，並為《後漢書》作注，可惜大都已經失傳。今存有《吳朝請集》一卷，為明人張溥所輯，收於《漢魏六朝百三家集》中，計有賦五篇、雜文九篇、樂府詩三十七首、詩九十八首。另有小說集《續齊諧記》一書。

本篇即選自《續齊諧記》，為一志怪小說。《莊子・逍遙遊》曰：「齊諧者，志怪者也。」南朝宋東陽無疑遂以此典故著有《齊諧記》一書，唯全書今已不存，僅剩少數佚文。吳均接續其後撰著《續齊諧記》，今存故事十七則。《續齊諧記》多從舊說古籍取材，所記皆神怪之說，書中不少故事曾廣為流傳，如五月五日粽祭屈原、七月七日牛郎織女相會、九月九日登高避災等。

文本

陽羨許彥於綏安山行，遇一書生，年十七八，臥路側，云腳痛，求寄鵝籠中。彥以爲戲言，書生便入籠，籠亦不更廣，書生亦不更小，宛如與雙鵝並坐，鵝亦不驚。彥負[1]籠而去，都不覺重。

前行息樹下，書生乃出籠謂彥曰：「欲爲君薄設[2]。」彥曰：「善。」乃口中吐出一銅奩子[3]，奩子中具[4]諸餚饌[5]，海陸珍饈[6]方丈[7]，其器皿皆是銅物，氣味芳美，世所罕見。

酒數行[8]，謂彥曰：「向[9]將一婦人自隨。今欲暫邀之。」彥曰：「善。」又於口中吐一女子，年可[10]十五六，衣服綺麗，容貌殊絕[11]，共坐宴。

俄而書生醉臥，此女謂彥曰：「雖與書生結妻，而實懷外心，向亦竊[12]將一男子同行，書生既眠，暫喚之，君幸[13]勿言。」彥曰：「善。」女子於口中吐出一男子，年可二十三四，亦穎悟[14]可愛，乃與彥敘寒溫[15]。

書生臥欲覺，女子口中吐一錦行障[16]遮書生，書生乃留女子共臥。

男子謂彥曰：「此女雖有情，心亦不盡，向復竊將一女人同行，今欲暫見之，願君勿洩。」彥曰：「善。」男子又于口中吐一婦人年可二十許，共讌酌[17]。

戲談甚久，聞書生動聲，男子曰：「二人眠已覺。」因取所吐女人，還納口中。

須臾，書生處，女乃出，謂彥曰：「書生欲起。」乃呑向男子，獨對彥坐。

然後書生起謂彥曰：「暫眠遂久，君獨坐，當悒悒[18]耶？日又晚，當與君別。」遂吞其女子，諸器皿悉[19]納口中，留大銅盤可二尺廣，與彥別曰：「無以藉[20]君，與君相憶也。」

彥大元中爲蘭臺令史，以銅盤餉[21]侍中張散，散看其銘題，云是永平三年作。

註釋

❶ 負：用肩背物。
❷ 薄設：簡單的宴席。
❸ 奩子：奩，音ㄌㄧㄢˊ，盛裝物品的小匣子。
❹ 具：有、備有。
❺ 餚饌：音ㄧㄠˊ ㄓㄨㄢˋ，泛指酒肉飯菜。
❻ 珍饈：珍奇美味的食物。
❼ 方丈：長寬各一丈的面積。
❽ 行：音ㄒㄧㄥˊ，量詞，計算酌酒奉客的單位。
❾ 向：一直以來。
❿ 可：約略。
⓫ 容貌殊絕：殊絕，特異超絕。容貌殊絕指非常美麗。
⓬ 竊：偷偷的。
⓭ 幸：希望。

⑭穎悟：聰明過人。
⑮敘寒溫：問候生活起居，或泛談氣候冷暖等的應酬話。
⑯行障：似屏風，可以隨地移置。
⑰讌酌：宴飲。
⑱悒悒：鬱悶的樣子。
⑲悉：全部。
⑳藉：獻。
㉑餉：贈送。

賞析

這是一篇離奇虛幻充滿想像力的志怪小說。故事中的主角許彥，背著鵝籠行走於綏安山，途中遇見一名書生，書生以腳痛要求寄坐於鵝籠中，奇異的故事也由此展開，許多不可思議的情節，接著陸續發生：書生竟然可以和眾多的鵝並坐於小小的鵝籠中，且不覺得重量增加；之後書生自鵝籠出來，口裡吐出滿滿一席的山珍海味來宴請許彥，甚至還吐出一位女子相陪；更離奇的則是書生醉臥之後發生的事，書生吐出的女子，背地裡吐出一名男子來相伴；而這名男子在女子去陪醉臥的書生後，卻又偷偷的吐出另一名女子來相宴飲。故事的最後，因書生的醒來，這些人又紛紛的被逐一吞了回去。而許彥在目睹了這場驚奇的人中有人的奇幻事件後，還得到了一個用來證明這場事件不是虛幻的銅盤。

本故事雖是一篇虛構的志怪小說，但卻有很多值得欣賞與探討之處：

㈠愛情的虛實

本篇故事以現代的角度來看，雖然荒誕離奇，但卻寄寓著現實人生中，男女情愛的一個面向。文中「雖與書生結好，而實懷外心」、「此女雖有情，心亦不盡」說出的正是愛情的難以捉摸，表面上雖擁有了人，卻不一定擁有真心。

(二)人性的觀察

故事中出現了許多人物，揣摩這些人物當時心中的想法，可從中觀察出許多人性。許彥看起來像是一個漠然的旁觀者，從頭到尾只會說一個「善」字，但在這「善」字之後，許彥是否隱藏了許多的內心感受？書生是整個離奇事件的發動者，看起來也是被隱瞞最多的人，但他真的什麼都不知道嗎？書生吐出的女子在情感上離棄了書生，沒想到他也被人離棄了；女子吐出的男子、男子吐出的女子，他們自己身為第三者，看到感情虛假的一面，內心一定有很多複雜的感受。這些都是值得讀者去思考的。

(三)幻術與戲法

本篇故事描寫的內容，有許多超出現實之處，具有豐富的想像力。如：書生進入小小的鵝籠中，籠子不變大，書生也不變小，在空間比例上似乎很難理解；又書生和眾多的鵝並坐於鵝籠中，卻不覺得重量增加，這也是有違常理。古代魔術戲法上有一名詞「鵝幻」即源自於此。其他如書生吐出豐盛的宴席，再吐出女子，女子又吐出男子，男子又吐出另一名女子，最後又逐一的被吞回原處，這一連串吞吐之間的變化，不管是幻術，是戲法，或只是想像，都帶給讀者無窮的驚奇感受。

現代人有時會認為古代文學距離很遙遠，但透過這篇簡短的志怪小說所帶來的新鮮刺激感，與許多蘊藏於人性中隱秘現象的展現，相信可讓多數的現代人產生共鳴，感覺它距離並不遙遠，這也是文學穿越時空的力量。

問題與思考

一、看完本故事，你覺得哪些部分讓你印象很深刻，為什麼？
二、你對許彥目睹這複雜的男女關係，卻始終保持沉默的態度，有何想法？
三、唐代張籍有首〈節婦吟〉的詩，內容如下：「君知妾有夫，贈妾雙明珠。感君纏綿意，繫在紅羅襦。妾家高樓連苑起，良人執戟明光裏。知君用心如日月，事夫誓擬同生死。還君明珠雙淚垂，何不相逢未嫁時。」請問這首詩反應什麼樣的愛情觀？對照本故事後，你有何看法？

延伸閱讀

一、吳均，《續齊諧記》。
二、《舊雜譬喻經》〈梵志吐壺〉。
三、荀氏，《靈鬼志》〈道人奇術〉。
四、張曉風，《曉風小說集．人環》，臺北：道聲出版社，1976。
五、張系國，《夜曲．陽羨書生》，臺北：知識系統出版有限公司，1985。

呂瑞生教授撰述

畫皮

蒲松齡

導讀

《聊齋志異》是清代蒲松齡的短篇小說作品集。蒲松齡（西元一六四〇～一七一五），字留仙，一字劍臣，別號柳泉居士，山東淄川（今淄博市）人，生於明崇禎十三年，卒於清康熙五十四年，世稱「聊齋先生」。

他少年得意，十九歲應縣、府、道考試皆名列第一，又以成績優異得補博士弟子員，並得當時名詩人施閏章的賞識，但此後參加鄉試卻屢遭黜落，未能更上層樓，直到七十二歲時始得援例補為歲貢生。除了《聊齋誌異》之外，蒲松齡還有大量詩文、戲劇、俚曲以及有關農業、醫藥方面的著述存世。科舉失意打擊蒲松齡甚深，使得他對現實環境有更深入的觀察與體認。蒲松齡自述寫作《聊齋誌異》的要旨說：「集腋為裘，妄續幽冥之錄；浮白載筆，僅成孤憤之書：寄託如此，亦足悲矣！」其中有許多充滿激憤的文字，可以看出作者情感的寄託。

《聊齋志異》，簡稱《聊齋》，俗名《鬼狐傳》，全書共四百九十一篇，內容十分廣泛，多談狐、仙、鬼、妖，以此來反映當時的社會面貌。本書題材分類大致可歸納為歌頌愛情、揭露社會黑暗面、暴露科場弊端、諷諭世情以及異聞筆記等等。《聊齋志異》在世界文壇頗享盛名，現今有英、法、德、俄、日、韓等多種文字翻譯本，近二十個國家出版。世界各大百科全書對《聊齋》多有論評，英國《不列顛百科全書》即說：「小說構思奇妙，或借狐鬼精靈寫人類社會，或使幽冥地府與現實生活交融，在離奇怪誕中蘊含人生哲理。」《日本大百科事典》也說：「《聊齋志異》在江戶時代就影響日本文學。」、「它的故事多取自民間生活的素材，情節變化曲折……文字簡潔、清新，是中國志怪文學的傑作。」

《聊齋志異》書中有許多作品如〈聶小倩〉、〈勞山道士〉、〈阿寶〉、〈促織〉、〈陸判〉、〈田七郎〉、〈羅剎海市〉、〈畫皮〉、〈酆都御史〉、〈龍無目〉、〈狐諧〉、〈雨錢〉、〈嬰寧〉、〈花姑〉、〈俠女〉、〈連城〉、〈辛十四娘〉等等，幾經改編成小說、戲曲、電視劇、電影，成為膾炙人口的佳作，都是今人所熟悉的篇目。

文本

太原王生，早行，遇一女郎，抱襆❶獨奔，甚艱於步。急走趁之，乃二八姝麗❷。心相愛樂。問：「何夙夜❸踽踽獨行？」女曰：「行道之人，不能解愁憂，何勞相問。」生曰：「卿何愁憂？或可效力，不辭也。」女黯然曰：「父母貪賂，鬻妾朱門。嫡妒甚，朝詈而夕楚辱之，所弗堪也，將遠遁耳。」問：「何之？」曰：「在亡之人，烏有定所。」生言：「敝廬不遠，即煩枉顧。」女喜，從之。生代攜襆物，導與同歸。女顧室無人，問：「君何無家口？」答云：「齋耳。」女曰：「此所良佳。如憐妾而活之，須秘密，勿洩。」生諾之。乃與寢合。使匿密室，過數日而人不知也。生微告妻。妻陳，疑爲大家媵妾[4]，勸遣之。生不聽。

偶適市，遇一道士，顧生而愕。問：「何所遇？」答言：「無之。」道士曰：「君身邪氣縈繞，何言無？」生又力白。道士乃去，曰：「惑哉！世固有死將臨而不悟者。」生以其言異，頗疑女。轉思明明麗人，何至爲妖，意道士借魘禳[5]以獵食[6]者。無何，至齋門，門內杜，不得入。心疑所作，乃踰垝垣[7]。則室門亦閉。躡跡而窗窺之，見一獰鬼，面翠色，齒巉巉[8]如鋸，鋪人皮於榻上，執采筆而繪之；已而擲筆，舉皮，如振衣狀，披於身，遂化爲女子。睹此狀，大懼，獸伏而出。急追道士，不知所往。徧跡之，遇於野，長跪乞救。道士曰：「請遣除之。此物亦良苦，甫能覓代者，予亦不忍傷其生。」乃以蠅拂[9]授生，令掛寢門。臨別，約會於青帝廟[10]。生歸，不敢入齋，乃寢內室，懸拂焉。一更許，聞門外戢戢有聲，自不敢窺也，使妻窺之。但見女子來，望拂子不敢進；立而切齒，良久乃去。少時，復來，罵曰：「道士嚇我。終不然，寧入口而吐之耶！」取拂碎之，壞寢門而入。徑登生床，裂生腹，掬生心而去。妻號。婢入燭之，生已死，腔血狼藉。陳駭涕不敢聲。

明日，使弟二郎奔告道士。道士怒曰：「我固憐之，鬼子乃敢爾！」即從生弟來。女子已失所在。既而仰首四望，曰：「幸遁未遠。」問：「南院誰家？」二郎曰：「小生所舍也。」道士曰：「現在君所。」二郎愕然，以爲未有。道士問曰：「曾否有不識者一人來？」答曰：「僕早赴青帝廟，良不知。當歸問之。」去，少頃而返，曰：「果有之。晨間一嫗來，欲傭爲僕家操作，室人[11]止之，尚在也。」道士曰：「即是物矣。」遂與俱往。仗木劍，立庭心，呼曰：「孽魅！償我拂子來！」嫗在室，惶遽無色，出門欲遁。道士逐擊之。嫗仆，人皮劃然而脫；化爲厲鬼，臥嗥如豬。道士以木劍梟其首[12]；身變作濃煙，匝地[13]作堆。道士出一葫蘆，拔其塞，置煙中，飀飀然[14]如口吸氣，瞬息煙盡。道士塞口入囊。共視人皮，眉目手足，無不備具。道士卷之，如卷畫軸聲，亦囊之，乃別欲去。陳氏拜迎於門，哭求回生之法。道士謝不能[15]。陳益悲，伏地不起。道士沉思曰：「我術淺，誠不能[16]起死。我指一人，或能之，往求必合有效。」問：「何人？」曰：「市上有瘋者，時臥糞土中。試叩而哀之。倘狂辱夫人，夫人勿怒也。」二郎亦習知[17]之。乃別道士，與嫂俱往。

見乞人顛歌道上，鼻涕三尺，穢不可近。陳膝行而前。乞人笑曰：「佳人愛我乎？」陳告之故。又大笑曰：「人盡夫也[18]，活之何爲？」陳固哀之。乃曰：「異哉！人死而乞活於我。我閻摩[19]耶？」怒以杖擊陳。陳忍痛受之。市人漸集如堵。乞人咯痰唾盈把[20]，舉向陳吻曰：「食之！」陳紅漲於面，有難色；既思道士之囑，遂強啖焉。覺入喉中，硬如團絮，格格而下，停結胸間。乞人大笑曰：「佳人愛我哉！」遂起行，已，不顧。尾之，入於廟中。迫而求之，不知所在；前後冥搜，殊無端兆，慚恨而歸。既悼夫亡之慘，又悔食唾之羞，俯仰哀啼，但願即死。方欲展血斂屍，家人竚望，無敢近者。陳抱屍收腸，且理且哭。哭極聲嘶，頓欲嘔。覺鬲中結物，突奔而出，不及回首，已落腔中。驚而視之，乃人心也。在腔中突突猶躍，熱氣騰蒸如煙然。大異之。急以兩手合腔，極力抱擠。少懈，則氣氤氳自縫中出，乃裂繒帛急束之。以手撫屍，漸溫。覆以衾裯。[21]中夜啓視，有鼻息矣。天明，竟活。爲言：「恍惚若夢，但覺腹隱痛耳。」視破處，痂結如錢[22]，尋愈[23]。

異史氏曰：「愚哉世人！明明妖也，而以爲美。迷哉愚人！明明忠也，而以爲妄。然愛人之色而漁之，妻亦將食人之唾而甘之矣。天道好還，但愚而迷者不寤耳。可哀也夫！」

註釋

❶ 襆：同「幞」，包袱，音ㄆㄨˊ。

❷ 二八姝麗：十六歲上下的美女。

❸ 夙夜：早夜，天未亮。

❹ 媵妾：古代諸侯嫁女所陪嫁的姬妾。就是後來世人說的使喚丫頭。媵，讀同「硬」，音ㄧㄥˋ。

❺ 魘禳：鎮壓邪祟叫「魘」，去除災變叫「禳」，均屬道教法術。魘，讀「演」，音ㄧㄢˇ。禳，讀「攘」，音ㄖㄤˊ。

❻ 獵食：原意為獵取食物，此處是指俗話騙吃騙喝的意思。

❼ 垝垣：殘缺的院牆。垝，坍塌，讀「鬼」，音ㄍㄨㄟˇ。垣：外牆，讀「原」，音ㄩㄢˊ。

❽ 巉巉：本指山高險峻。巉，讀「纏」，音ㄔㄢˊ。這裡指女鬼的牙齒長而尖利。

❾ 蠅拂：蠅甩子，又稱拂塵；用馬尾（馬尾巴上長而硬的毛）之類製成的拂子，用以驅趕蒼蠅，俗稱馬尾甩子。舊時道士經常可見拿著它。

❿ 青帝：根據《周禮．天官．大宰》「禮五帝」賈公彥疏，即說中國古代神話中有五位天帝，而青帝就是其中之一，是主宰東方的天帝。後來道教供奉五帝為神，稱東方之帝為「蒼帝」。而蒼就是青色，包括藍和綠，所以蒼帝又叫青帝。

⓫ 室人止之：妻子把她留下了。室人，指妻子。止，留住。

⓬ 梟其首：砍掉它的頭。

⓭ 匝地：在地上旋繞。

⓮ 飀飀：颼颼。讀「流」，音ㄌㄧㄡˊ。

⓯ 謝不能：推辭說無能為力。謝，謝拒，推辭。

⓰ 誠不能：實在不能。誠，實在。

⓱ 習知：熟悉，熟知。習，因常常接觸而熟悉。

⓲ 人盡夫也：人人都可以做你的丈夫。《左傳．桓公十五年》：「人盡夫也，父一而已。」意思是說：人人可以做你的丈夫，但父親只有一個而已。

⓳ 閻摩：即閻王。

⓴ 盈把：滿滿一把。盈，滿的意思。

㉑ 衾裯：被子。裯，單被。讀「綢」，音ㄔㄡˊ。

㉒ 錢：此處指古銅錢。

㉓ 尋愈：尋，很快，不久。愈同「癒」，癒，病好了。

賞析

〈畫皮〉選自《聊齋志異》卷一，藉王生遇鬼之事，諷刺世人唯重外表、識人不明。蒲松齡僅以一千六百餘字簡鍊而生動地描述了這一齣動人心魄的故事。〈畫皮〉從清代到現代，從小說文本到電影形式，經歷不同的傳播流程與意義轉換。《聊齋志異》原文上半部分寫王生的豔遇，下半部分則轉換視角，從妻子的角度，寫王生如何死而復生。正如王溢嘉所說這是一齣「女鬼畫皮，男人描心」之作（王溢嘉《聊齋搜鬼》）。

故事內容描述王生見逃家少婦，將其帶回書齋藏匿並與寢合。王生本是有妻之夫，卻被美色迷惑而貪淫他人之婦。不僅不聽其妻規勸，即使道士警告也依舊執迷不悟，最終當然是自食惡果。末段則寫道士指導王妻，請求市上瘋者解救丈夫；雖經一番折辱，終於使王生起死回生。小說前半寫攫取人心的獰鬼披畫而成的麗人，後半寫救渡的仙人偽裝成的瘋子，藉用二種角色強烈的外在對比，譏諷只重外表的膚淺世人，使得小說充滿醒世的作用，並且揭示「畫虎畫皮，難畫骨，知人知面，不知心」的意涵。

山東淄川蒲松齡紀念館郭沫若先生曾題寫一副對聯為「寫鬼寫妖高人一等；刺貪刺虐入骨三分」，這可說是歷來對《聊齋志異》思想特色的最精確得當的概括。在文學藝術成就上，蒲松齡選擇了六朝志怪的題材，並且以唐代傳奇小說的虛構寫作技巧，將大量收集而來的民間素材，經由巧思改寫成為情節曲折、結構完整的小說作品。其中不僅運用靈活的語言對話，形塑許多個性鮮明、獨特又具體的人物角色，並且呈現活生生的仙、狐、鬼、魅、精、怪形象，成為日後寫作此類小說的典範，更成為世人傳頌不朽的題材。

〈畫皮〉從一九六六年以來不斷地被翻拍成電影，例如鮑方導演版（一九六六年《畫皮》）、李翰祥導演版（一九七九年風月版《畫皮》——《鬼叫春》）、胡金銓導演版（一九九三年《畫皮之陰陽法王》）、陳嘉上導演版（二〇〇八年《畫皮》），另外還有四個版本的電視劇《畫皮》。至於衍生出來的相關影視作品則是不勝枚舉，例如二〇一二年的電影《轉生術》就是其中之一。

問題與思考

一、〈畫皮〉故事中的美女是披著人皮的獰鬼，透過外形來認識人當然是不容易認清其真面目，但現實世界中又往往難以兩全，你認為該怎麼做才能「知人知面又知心」？

二、看完〈畫皮〉之後，你如何看待小說中的王妻角色？如果你是王妻是否也願意受盡屈辱，只為解救在感情上曾經出軌的丈夫？請詳述你的看法。

三、不論是「蛇蠍美人」、「銀色夜叉」、「血腥瑪麗」或是〈畫皮〉中的獰鬼，這些女性角色到底要傳達怎樣的意象？她們為何在文學作品一再被應用？你覺得真正的原因何在？

四、除了〈畫皮〉之外，在《聊齋志異》的眾多作品中你最喜歡哪一篇？原因何在？請寫成一篇短文論述或以簡報檔呈現自己的看法。

延伸閱讀

一、《畫皮》DVD，陳嘉上導演，臺北：新鶴鳴發行，2009。

二、電影《畫皮》官方網站，網址：http://ent.sina.com.cn/f/m/huapi/index.shtml 。

三、〈胭指扣〉DVD藍光片，關錦鵬導演，千勣發行，2012。
四、蒲松齡，《聊齋志異・聶小倩》，臺北：台灣古籍出版社，2006。
五、史繼中，《談鬼說狐話聊齋》，臺北：旺文社，1994。

吳宇娟教授撰述

芸娘與粥❶

沈復

導讀

沈復（西元一七六三～？），字三白，號梅逸，長洲（今江蘇省蘇州市）人。生於清高宗乾隆二十八年，卒年不詳。娶妻陳芸，頗相愛，然其妻以不得於翁姑，兩度被逐，終致鬱鬱而終。仁宗嘉慶十年（一八〇五），入其友重慶知府石韞玉之幕僚，隨石氏輾轉四方，足跡遍天下。又曾出使琉球，在彼完成《浮生六記》六卷，為〈閨房記樂〉、〈閑情記趣〉、〈坎坷記愁〉、〈浪遊記快〉、〈中山記歷〉及〈養生記道〉。

《浮生六記》自二、三〇年代受五四文人一度且高度評價形成典律後，在時代的推移中，不斷受到後來讀者的評價與重新書寫，從五四到紅學，再延伸至《浮生六記》研究，這樣的系統雖不致一脈相承，卻也不絕如縷。五四菁英對《浮生六記》的熱烈接受，乃因其中反禮教的意識型態符合了五四文化運動的期待視野，如個性解放、孝道質疑、婚戀自由等。因此沈復的「孝而情」、「夫妻大於親子」的觀念，可謂是五四的先河。事實上，沈復重視個人婚戀自由的觀念，從晚清直至戰後臺灣，一直受到讀者的高度評價。

文本

一、婚前藏粥

是年冬，値其堂姊出閣[2]，余又隨母往。芸與余同齒[3]而長余十月，自幼姊弟相呼，故仍呼之曰淑姊。時但見滿室鮮衣，芸獨通體素淡，僅新其鞋而已。見其繡制精巧，詢爲己作，始知其慧心不僅在筆墨也。其形削肩長項，瘦不露骨，眉彎目秀，顧盼神飛，唯兩齒微露，似非佳相。一種纏綿之態，令人之意也消。索觀詩稿[4]，有僅一聯，或三、四句，多未成篇者，詢其故，笑曰：「無師之作，願得知己堪師者敲成之耳。」余戲題其簽曰「錦囊佳句」，不知夭壽之機此已伏矣。

是夜送親城外，返已漏三下，腹飢索餌，婢嫗以棗脯[5]進，余嫌其甜。芸暗牽余袖，隨至其室，見藏有暖粥並小菜焉，余欣然舉箸[6]。忽聞芸堂兄玉衡呼曰：「淑妹速來！」芸急閉門曰：「已疲乏，將臥矣。」玉衡擠身而入，見余將吃粥，乃笑睨[7]芸曰：「頃我索粥[8]，汝曰『盡矣』，乃藏此專待汝婿耶[9]？」芸大窘避去，上下嘩笑之。余亦負氣，挈老僕先歸[10]。自吃粥被嘲，再往，芸即避匿，余知其恐貽人笑[11]也。

二、婚後食粥

芸初緘默[12]，喜聽余議論。余調其言，如蟋蟀之用縴草，漸能發議[13]。其每日飯必用茶泡，喜食芥滷乳腐，吳俗呼爲「臭乳腐[14]」；又喜食蝦滷瓜[15]。此二物余生平所最惡者，因戲之曰：「狗無胃而食糞，以其不知臭穢；羌螂團糞而化蟬，以其欲修高舉也。卿其狗耶？蟬耶？」芸曰：「腐取其價廉而可粥可飯，幼時食慣。今至君家，已如羌螂化蟬，猶喜食之者不忘本也。至滷瓜之味，到此初嘗耳。」余曰：「然則我家係狗竇耶？」芸窘而強解曰：「夫糞人家皆有之，要在食與不食之別耳。然君喜食蒜，妾亦強啖之[16]。腐不敢強，瓜可掩鼻略嘗，入咽當知其美；此猶無鹽貌醜而德美也。」余笑曰：「卿陷我作狗耶？」芸曰：「妾作狗久矣，屈君試嘗之。」以箸強塞余口，余掩鼻咀嚼之，似覺脆美；開鼻再嚼，竟成異味。從此亦喜食。芸以麻油加白糖少許拌滷腐，亦鮮美。以滷瓜搗爛拌滷腐，名之曰「雙鮮醬」有異味。余曰：「始惡而終好之，理之不可解也。」芸曰：「情之所鍾，雖醜不嫌。」

註釋

❶本文為自傳體小說，亦可視為「飲食文學」。

❷出閣：閨閣女子出嫁。

❸同齒：同一年出生。後來的同窗（同年入學）、同梯（同年當兵）等皆為同義詞。

❹索觀詩稿：要求欣賞詩詞作品的原手稿。

❺棗脯：今之蜜餞。

❻欣然舉箸：箸，音ㄓㄨˋ；快樂的拿起筷子就食。

❼笑睨：睨，音ㄋㄧˋ；笑著斜瞪眼。

❽頃我索粥：剛剛我想要討一碗稀飯吃。

❾專待汝婿耶：妳特意留著，等待時機要給未來的夫婿嗎？

❿挈老僕先歸：挈音ㄑㄧㄝˋ；我帶著僕人先回家。

⓫恐貽人笑：擔心被人嘲笑。

⓬緘默：緘，音ㄐㄧㄢ；默不作聲。

⓭漸能發議：逐漸能夠表達自己的意見。

⓮臭乳腐：臺灣早餐中常拌以稀飯的豆腐乳，僑胞亦有腐乳炒空心菜乙道名菜。

⓯蝦滷瓜：用蝦醬醃漬的脆瓜。

⓰妾亦強啖之：啖，音ㄉㄢˋ；芸娘也勉強試吃了一口。

賞析

從「文人史」的角度，沈復可以被定位成「承先啟後」的「新男性」。從沈復所記錄下私密的閨房生活與私人情緒，以及文中所呈現重視女性的觀念，沈復前衛、新穎的觀念顛覆、跨越了傳統文人的制式思考。沈復的「新」文人特質尚表現在他的活動場域，由中心至沿海，沿海至域外的移動，預示著十九世紀末中國與西方國家互動的時代即將來臨。所以沈復的誕生，意味著「新」文人、「新」時代的來臨。

從「次文類」的觀點，《浮生六記》可視為「自傳小說」。沈復藉著第一人稱的敘述技巧將自己和愛妻芸娘共同生活的二十三年之間，從聚到離、從生到死過程中的點點滴滴，完整的安排在六記之中，尤以芸娘形象的刻畫最為成功。若就中國自傳系統而言，作者勇於創新，如命名的方式即是新創之一。此外，作者成功的將自傳以小說形式呈現，將乾嘉盛世的社會鋪敘在世人面前，其深層的意義則暴露出中國傳統大家庭的名分僵化之處。即作家意圖通過「自我」表達社會，反映出那個「我」所處的社會。

問題與思考

一、日式飲食中「茶泡飯」是否由此而來？試比較中日飲食風俗之異同。

二、「甲之藥、乙之毒」此話可否用以形容每個人的飲食嗜好各有不同？試分享因為文化差異而產生的趣聞或難忘事務。

三、「情之所鍾，雖醜不嫌。」若放在愛情的氛圍中，是否有其他同義之詞？

四、你／妳曾為情人特意留下共賞的物件是什麼？可否分享？

延伸閱讀

一、清．沈復著，俞平伯校點，《浮生六記》，北京：人民文學出版社，1980。

二、李秋蘭，《《浮生六記》新探》，臺北：花木蘭出版社，2010。

李栩鈺教授撰述

神鵰俠侶（節選）

金庸

導讀

金庸，本名查良鏞，西元一九二四年三月十日生於浙江海寧，東吳大學法學士、英國劍橋大學歷史碩士、博士。一九四八年移居香港，早年於香港創辦《明報》系列報刊，曾被稱為「香港四大才子」之一。一九五〇年代起，查良鏞以筆名「金庸」著作多部武俠小說，長久以來被港、台兩地改編為電視劇、電影、動漫等，在華人的影視文化圈可謂家喻戶曉，成為華人界最知名的武俠小說作家之一。

金庸多部武俠小說內涵與表現藝術，受到通俗文學界研究學者推崇與重視，更掀起學界研究之風潮稱為「金學」，著有《書劍恩仇錄》、《碧血劍》、《射鵰英雄傳》、《神鵰俠侶》、《雪山飛狐》、《飛狐外傳》、《倚天屠龍記》、《連城訣》、《天龍八部》、《俠客行》、《笑傲江湖》、《鹿鼎記》等十五部武俠小說。

本文節選自遠流出版社新修版《金庸作品集・神鵰俠侶（四）・第三十八回・生死茫茫》，描寫書中主角楊過十六年後至絕情谷應女主角小龍女之約，於斷腸崖苦苦等候卻未能見到小龍女的悲苦深情，全段文字情景交融，實景與回憶虛實相涵，描寫深刻動人。

文本

楊過於十二月初二抵達絕情谷，比之十六年前小龍女的約期還早了五天。此時已屬隆冬，天候嚴寒，絕情谷中人煙絕蹤，當日公孫止夫婦，眾綠衣子弟所建的廣廈華居，就算沒給裘千尺一把大火燒去了的，也早毀敗不堪。楊過自於十六年前離絕情谷後，每隔數年，必來谷中居住數日，心中存了萬一之想，說不定南海神尼大發慈悲，突然提早許可小龍女北歸。雖每次均是徒然苦候，廢然離去，但每次一來，總是與約期近了幾年。

此刻再臨舊地，但見荊草莽莽，空山寂寂，早幾日下的大雪，仍毫無有人到過的跡象，奔到斷腸崖前，走過石壁，撫著石壁上小龍女用劍尖劃下的字跡，手指嵌入每個字的筆劃之中，一筆一筆的將石縫中的青苔揩去，那兩行大字小字顯了出來。他輕輕的唸道：「小龍女書囑夫君楊郎，珍重萬千，務求相聚。」一顆心不自禁的怦怦跳動。

這一日中，他便如此痴痴的望見著那兩行字發獃，當晚繩繫雙樹而睡。次日在谷中到處閒遊，見昔年自己與程英、陸無雙鏟滅的情花花樹已不再重生，他戲稱之爲「龍女花」的紅花卻開得雲蒸燦爛❶，如火如錦，於是摘了一大束龍女花，堆在斷崖的那一行字前。

這般苦苦等候了五日，已到十二月初七，他已兩日兩夜未曾交睫入睡，到了這日，更是不離斷腸崖半步。自晨至午，更自午至夕，每當風動樹梢，花落林中，心中便是一跳，躍起來四下裏搜尋觀望，卻哪裏有小龍女的影蹤？

自從聽了黃藥師那幾句話後，他早知「大智島南海神尼」云云，是黃蓉捏造出來的鬼話，但崖上字跡確是小龍女所刻，半分不假，只盼她言而有信，終來重會。眼見太陽緩緩落山，楊過的心也跟著太陽不斷的向下低沉。黃昏時分，當太陽的一半為山頭遮沒時，他大叫一聲，急奔上峰。身在高處，只見太陽的圓臉重又完整，心中略略一寬，只要太陽不落山，十二月初七這一日就算沒過完。在一座山峰上悽望太陽落山，又氣急敗壞的奔上另一座更高山峰。

可是雖於四周皆以黑沉沉之時，登上了最高山峰，淡淡的太陽最終還是落入地下。悄立山巔，四顧蒼茫❷，但覺寒氣侵體，暮色逼人而來，站了一個多時辰，竟一動也不動。再過多時，半輪月亮慢慢移到中天，不但這一天已經過去，連這一夜也快過去了。

小龍女始終沒來。

他便如一具石像般在山頂呆立了一夜，直到紅日東昇，四下裏小鳥啾鳴，陽光滿目，他心中卻如一片寒冰，似有一個聲音在耳際不住響動：「傻子！她早死了，在十六年之前早就死了。她自知中毒難癒，你決計不肯獨活，因此圖了自盡，卻騙你等她十六年。傻子，她待你如此情意深重，你怎麼到今日還不明白她的心意？」

他猶如行屍走肉般踉蹌[3]下山，一日一夜不飲不食，但覺唇燥舌焦，走到小溪之旁，掬水而飲，一低頭，猛見水中倒影，兩鬢竟白了一片。他此時三十六歲，年方壯盛，不該頭髮便白，更因內功精純。雖一生艱辛顛沛[4]，但向來頭上一根銀絲也無，突見兩鬢如霜，滿臉塵土，幾乎不識得自己面貌，伸手在額角髮際拔下三根頭髮來，只見三根中倒有兩根是白的。

剎時之間，心中想起幾句詞來：

「十年生死兩茫茫，不思量，自難忘。千里孤墳，無處話淒涼。縱使相逢應不識，塵滿面，鬢如霜。」

這是蘇東坡悼亡之詞。楊過一生潛心武學，讀書不多，數年前在江南一家小酒店壁上偶爾見到題著這首詞，但覺情深意眞，隨口唸了幾遍，這時憶及，已不記得是誰所作。心想：「他是十年生死兩茫茫，我和龍兒已相隔一十六年了。他尚有個孤墳，知道愛妻埋骨之所，而我卻連妻子葬身何處也自不知。」接著又想到這詞的下半闋，那是作者一晚夢到亡妻的情境：

「夜來幽夢忽還鄉，小軒窗，正梳妝；相對無言，惟有淚千行！料得年年腸斷處，明月夜，短松崗。」

不由得心中大慟：「而我，而我，三日三夜不能合眼，竟連夢也做不到一個！」

猛地裏一躍而起，奔到斷腸崖前，瞪視著小龍女所刻下的那幾行字，大聲叫道：「『十六年後，在此重會，夫妻情深，勿失信約！』小龍女啊小龍女！是你親手刻下的字，怎地你不守信約？」他一嘯之威，震獅倒虎，這幾句話發自肺腑，只震得山谷皆鳴，但聽得群山響應，東南西北，四周山峰都傳來：「怎麼你不守信約？怎麼你不守信約？不守信約……不守信約……」

他自來便生性激烈，此時萬念俱灰，心想：「龍兒既已在十六年前便即逝世，我多活這十六年實在無謂之至。」望著斷腸崖前那個深谷，只見谷口煙霧繚繞，他每次來此，從沒見到過雲霧下的谷底，此時仍然如此。仰起頭來，縱聲長嘯，只吹得斷腸崖上數百朵憔悴了的龍女花飛舞亂轉，輕輕說道：「當年你突然失蹤，不知去向，我尋遍山前山後，找不到你，那時定是躍入了這萬丈深谷之中，這十六年中，難道你不怕寂寞嗎？」

淚眼模糊，眼前似乎幻出了小龍女白衣飄飄的影子，又隱隱似乎聽到小龍女在谷底叫道：「楊郎，楊郎，你別傷心，別傷心！」楊過雙足一登，身子飛起，躍入了深谷之中。

註釋

❶雲荼燦爛：指像雲南的荼蘼花一般盛開。
❷蒼茫：指空曠遼遠的視野。
❸踉蹌：指走路不穩，搖搖擺擺或險些跌倒的樣子。
❹艱辛顛沛：指生活中困苦坎坷，東奔西跑流離失所的境遇。

賞析

此篇節選的小說片段，主要在描寫男主角楊過對女主角小龍女的深情，一開端便書寫楊過於十六年前離開後，每隔數年，必懷抱著見到小龍女的一線希望，到絕情谷中居住數日，結果每次均是徒然苦候，廢然離去，但心中卻同時自我安慰，認定每到一次就與約期近了幾年，顯示楊過心靈深處對見到小龍女的急切渴望。

在楊過雪後再臨舊地，仍不見小龍女時，金庸首先描寫到絕情谷，荊草莽莽，空山寂寂，現場了無人跡，楊過卻仍不死心的奔到斷腸崖前尋找；接者摹寫楊過走過石壁，撫著石壁上小龍女用劍尖劃下的字跡；緊接著再敘說楊過用手指嵌入每個字的筆劃之中，一筆一筆的將石縫中的青苔揩去，顯出兩行大字小字；最後書寫楊過輕唸小龍女書囑文字內容，心不自禁怦怦跳動的激動心緒，整段文字運用了多重層次漸進的描寫手法，將楊過對小龍女的情愫，層層深入逼進地揭示顯露出來。

金庸也透過動作細節描寫的片段，側面烘托楊過對小龍女出現的深情期盼，如：「每當風動樹梢，花落林中，心中便是一跳，躍起來四下裏搜尋觀望」描寫楊過因心中極度渴盼，受一點風吹草動便受驚躍起張望的不安心緒舉動；又如：「身在高處，只見太陽的圓臉重又完整，心中略略一寬，只要太陽不落山，十二月初七這一日就算沒過完。在一座山峰上悽望太陽落山，又氣急敗壞的奔上另一座更高山峰。」摹寫楊過擔心約定日子過了還見不到小龍女，追著落日自欺的不理性行為，更加深了其對小龍女出現之極度渴望心境。

金庸也善於透過對比映襯的手法，鮮明突顯楊過因見不到小龍女而生的悽苦心境，如：「直到紅日東昇，四下裏小鳥啾鳴，陽光滿目，他心中卻如一片寒冰」，以周遭紅日陽光小鳥啾鳴的溫暖歡樂對比映襯心中的淒寒冰冷世界；又如：「他尚有個孤墳，知道愛妻埋骨之所，而我卻連妻子葬身何處也自不知。」以東坡雖面對妻子過逝心情淒涼，卻尚知妻子埋骨之處，對比映襯楊過自己卻連小龍女葬身何處也不知的淒苦處境。這些對比映襯的手法不僅令讀者印象鮮明，更容易引發讀者共鳴。

問題與思考

一、你讀了此篇節錄的小說片段之後，你認為男主角楊過對女主角小龍女是否真有深情？為什麼？

二、你讀了此篇節錄的小說片段之後，哪一種描寫最令你印象深刻？

三、你看過金庸透過動作細節描寫的片段，側面烘托楊過對小龍女出現的深情期盼描寫後，你能領會這些表現手法嗎？

四、你看過金庸透過透過對比映襯的手法，鮮明突顯楊過因見不到小龍女而生悽苦的心境後，你能領會這些表現手法嗎？

五、如果讓你表達對愛情伴侶的深情，你會如何書寫？

六、你讀完本文後，最讓你感受深刻的是什麼？

延伸閱讀

一、葉洪生，《武俠小說談藝錄——葉洪生論劍》，臺北：聯經出版社，民國1984年11月出版。

二、葉洪生、林保淳，《臺灣武俠小說發展史》，臺北：遠流出版社，民國2005年6月初版。

三、陳平原，《千古文人俠客夢——武俠小說類型研究》，臺北：麥田出版社，民國1985年4月一版。

胡仲權教授撰述

侯文詠極短篇選

侯文詠

導讀

侯文詠（西元一九六二年～），台灣嘉義縣人。台南一中、臺北醫學院醫學系畢業，台灣大學醫學博士。目前專職寫作、兼任臺北醫學大學醫學人文研究所副教授，萬芳醫院、臺大醫院麻醉科主治醫師，並曾主持「臺北ＺＯＯ」廣播節目。

侯文詠自小即對寫作產生濃厚興趣，小學時就曾自行創辦班刊和投稿。爾後不論是進入醫學系就讀，或是成為醫師，依舊鍾情寫作，一九九七年更在妻子張雅麗的支持下，成為專業作家。作品曾獲中華文學獎散文、小小說獎，臺灣省新聞處小說首獎，全國大專文學獎第五、六、七屆連續獲獎，中國時報九〇年度推薦最佳兒童書籍獎。他的作品在臺灣通俗文學範疇佔有一席之地，曾榮獲金石堂、新學友、何嘉仁等書局暢銷排行榜第一名，不論是幽默俏皮、或是深沉的自我剖白與社會寫實風格，他的作品都受到讀者的廣大迴響，也引起社會各界的熱烈關注，是當前台灣文壇最受歡迎的男作家之一。

侯文詠的創作領域橫跨小說、散文、兒童文學、有聲書，小說創作有《頑皮故事集》、《淘氣故事集》、《誰在遠方哭泣》、《侯文詠短篇小說集》、《危險心靈》、《侯文詠極短篇》、《天做不合》、《靈魂擁抱》、《帶我去月球》等書；散文集則有《點滴城市》、《親愛的老婆》、《大醫院小醫師》、《烏魯木齊大夫說》、《離島醫生》、《親愛的老婆2》、《我的天才夢》、《不乖-比標準答案更重要的事》；文學導讀作品〈沒有神的所在：私房閱讀《金瓶梅》〉；另有有聲書《愛情免疫學》、《在生命轉彎的地方》、《做個健康快樂的智慧人》、《頑童三部曲》、《歡樂三國志》、《冷眼笑傲人間事》、《走希望的路》、《真情做自己》、《舞出生命的小太陽》等多部作品，二〇一二年新作《我就是忍不住笑了》。

極短篇通常又稱為小小說，或是精短小說、超短篇小說、微型小說、一分鐘小說、一袋煙小說、袖珍小說、焦點小說、瞳孔小說、拇指小說、迷你小說等等，其實是英文**short-short fiction**的中譯。一般是指大約在二千五百字以下的小說，題材則是擷取生活經驗的片段，小說呈現的情節可以是有頭無尾、或是有尾無頭、甚至無頭無尾。所以極短篇並不需要把每件事都交代得很清楚，但還是需要故事性的存在。而且高潮大都被安排在結尾處，以營造出餘音繞樑的情境；篇幅雖短卻仍需伏筆呼應，才能帶給讀者意在言外的感動與震撼的結局。

文本

(一) 櫻桃的滋味

伊朗導演阿巴斯[1]曾在電影裡講過一個故事，對我影響深遠，因此我很樂意再講一次。

有個人覺得自己再也活不下去了，他爬上一棵櫻桃樹，準備從樹上跳下來，結束自己的生命。就在他決定往下跳的時候，學校放學了，成群放學的小學生走過來，看到他站在樹上。

一個小學生問他：『你在樹上看什麼？』總不能告訴小孩走開，我要自殺吧？於是他說：『我在看風景。』『你有沒有看到身旁有許多櫻桃？』小學生問。他低頭一看，發現原來他自己一心一意想要自殺，根本沒有注意到樹上眞的結滿了大大小小的櫻桃。『你可不可以幫我們採櫻桃？』小朋友們說：『你只要用力搖晃，櫻桃就會掉下來，拜託啦。』

這什麼日子啊？連想自殺都不順遂。想自殺的人有點意興闌珊，可是又違拗不過小朋友，於是他只好在樹上又搖又跳。很快地，櫻桃紛紛從樹上掉下來。小朋友興奮極了，全都快樂地在地面上搶著撿拾櫻桃，吃得津津有味。放學的小朋友走過來了，孩子越聚越多。

等櫻桃掉得差不多，一陣嬉鬧之後，小朋友才漸漸散去。

失意的人坐在樹上，看著小朋友們歡樂的背影，不知道爲什麼，自殺的心情和氣氛全都沒有了。他有點無奈地採了些還在樹上的櫻桃，慢慢爬下了櫻桃樹，拿著櫻桃走回家裡。

想自殺的人回到家。一樣的老婆和小孩，一樣的破舊，一樣的問題與煩惱，唯一不同的是孩子們看到爸爸帶著櫻桃回來，全開心得又叫又跳。

晚餐時大家快樂地吃著櫻桃。想自殺的人忽然有一種全新的體會。固然生命不曾美好，然而他想著，或許靠著這樣，人生還是可以活下去的吧……

故事就是這樣了。後來我常常把這個故事告訴別人。咒語似地，這故事有一種很神奇的魔力，它讓許多人發現原來自己心中也有一棵櫻桃樹，它一直在那裡，只是你沒有發現而已。不但如此，每個人都有能力採下來一些櫻桃，和別人分享。櫻桃雖然只長在心中，可是滋味卻很眞實。

最神奇的是，你愈是那樣和別人分享，樹上的櫻桃就愈長愈多，並且滋味更加豐富。

㈡內急

這是一個做生意的朋友說的故事。

有一次，我因爲內急，把汽車從高速公路開到休息站去。

我衝進男廁所，打開第一扇門，沒想到裡面已經有人了，我連忙道歉，趕快去敲第二扇門，等確定眞的沒人之後，才走了進去。

我一坐在馬桶上，就聽見隔壁那個人說話了。

『兄弟，你最近在忙什麼？』

我最近在忙什麼？我愣了一下。或許剛剛失禮在先，覺得不回應人家好像不好意思吧，於是我說：

『沒忙什麼。本來要回臺北，剛好內急進來上廁所。』

一說完，他立刻又問：「最近景氣如何？」

我皺了皺眉頭說：『馬馬虎虎啦，最近大家都不景氣……』

才說到一半，就聽見隔壁沖水聲，然後是破口大罵的聲音：

『媽的，兄弟，我要掛電話了，今天眞倒楣，碰到一個變態的神經病，先是我上廁所要衝進來，現在我在廁所講電話❷，我說一句，他在隔壁應一句……』

註釋

❶伊朗導演阿巴斯：阿巴斯．基亞羅斯塔米（Abbas Kiarostami）生於一九四〇年，被喻為伊朗的國寶級導演，台灣曾在金馬國際影展引進其作品。《櫻桃的滋味》The Taste of Cherry/Tam e Guilass，是阿巴斯一九九七年的作品，藉著一位遭遇生命的難題、並且企圖選擇自殺解脫的人，到四處尋找替他

埋屍的適當人選，在經由各種立場的對話中，逐漸使劇中人從迷霧中走出，是一部看似乎平淡但卻充滿哲學動力以及生命喜悅的影片。本片表達了導演在「限制和自由的矛盾中」形成對生死的看法。影片因其獨特的敘事手法和哲學思考，在世界影壇引起轟動，曾榮獲當年度坎城影展金棕櫚獎。

❷講電話：此處指的是行動電話，即俗稱的手機。

賞析

《侯文詠極短篇》包含六十個小故事（皇冠文化出版有限公司出版，2004），都是作者聽週遭朋友述說或親身經歷改寫而成，總共分成「hospital」、「life」、「love & sex」、「reality show」、「work」、「gorwing up」、「money」、「here & there」八大類。有的爆笑、有的感人、有的感傷；題材豐富，涵蓋校園趣事、醫院風雲、社會事件、男女愛情、金錢工作、兩岸差異、政治現象等等生活化題材。他以輕鬆幽默的筆觸觀察台灣社會百態，字裡行間頗能讓讀者莞爾一笑又能發人深省。

第一篇〈櫻桃的滋味〉是充滿神奇力量的極短篇，侯文詠轉述伊朗導演阿巴斯在電影裡講過一位失意人絕處逢生的故事。它具有極強的感染力，那種正向思考的力量，在每一次閱讀之後，讀者都能咀嚼到從故事深層散發出的豐富韻味，就像文末所說：「當你聽過這個故事，就像我一樣，你不難發現自己的心中也有一顆櫻桃樹。」暢銷書《秘密》所揭露的神奇法則其實和〈櫻桃的滋味〉有著異曲同工之妙，小說簡單明瞭又充滿智慧的故事，讓我們體會「能給」與「可得」的喜悅，因為要改變狀況，必先改變想法，不論是想從絕境中脫困、或是離苦得樂都必須如此。

第二篇〈內急〉則是令人莞爾一笑又可省思的小故事。現代有很多人都離不開手機，甚至成為「低頭族」、「機奴」，所以如何能合宜地運用手機所帶來的便利卻又不失禮，其實是一門大學問。故事雖然只是描述在廁間一段表錯情的對話，其實卻隱藏著手機使用禮儀的問題。手機它是個人行動電話，但能否在公共場所大聲高談？公共場所的界定又是如何？如果必須撥接又該注意哪些禮節？看似微不足道的小事，但在人口稠密的空間裡，卻容易引發不必要的爭端與衍生令人啼笑皆非的狀況。

侯文詠善用一段小故事，一份大道理的架構，深諳「淡中有真味」的寫作技巧，熟知「言有盡意無窮」的文字魅力，充分把極短篇推向「出招於無招」的文學境界。誠如侯文詠所說：「如果可以的話，我理想的極短篇還要再短，字外面的意思再多些。甚至，更短，意思更多」（〈侯文詠的內心話〉）、又說：「所以寫《侯文詠極短篇》時，我嚮往「寫到沒有字」的境界。」（〈朱少麟 v.s. 侯文詠——寫作，生活的進行式〉）所以通常在閱讀他的極短篇後，才是讀者與作品產生共鳴的開始。

問題與思考

一、讀完〈櫻桃的滋味〉，你覺得改變主角想法的是怎樣的力量？如果用二個字呈現，你又會選擇哪些詞彙？請完整說明你選擇這些詞彙的原因。

二、當你的人生面臨低潮或瓶頸時，你會如何應變？不論運用哪種方式，請你製作一份簡報檔或書寫成文字，與師長和同學分享經驗。

三、〈內急〉所提到的尷尬狀況，你是否也曾遇過類似的情形？身處在現今手機使用頻繁的社會，如何才能達到自己使用便利卻又不影響他人？請你以「手機十誡」為題寫成短文，提出自己的見解與做法。

四、除了侯文詠的極短篇之外，你還讀過哪些精采的極短篇？他們的特色為何？請舉例並整理出佳處所在。如果沒有適合的篇章介紹，則請你試寫一篇。

延伸閱讀

一、侯文詠官方網站，網址：http://author.crown.com.tw/wenyong/。

二、《櫻桃的滋味》DVD，阿巴斯・基亞羅斯塔米（Abbas Kiarostami）導演，臺北：年代影視，2004。

三、侯文詠，《侯文詠極短篇》，臺北：皇冠文化集團，2004。

四、侯文詠，《侯文詠短篇小說集》，臺北：皇冠文化集團，1996。

五、侯文詠，《不乖：比標準答案更重要的事》，臺北：皇冠文化集團，2010。

六、侯文詠，《我就是忍不住笑了》，臺北：皇冠文化集團，2012。

吳宇娟教授撰述

貳、遇見諸子與史傳

孝親須及時

孔子家語

導讀

本篇文章選自《孔子家語》，原來的標題為〈致思篇〉，〈孝親須及時〉這個題目是編者改易的。

關於《孔子家語》這本書，到底作者是誰？後代有許多的爭議，有人（如王肅）說是孔府世代家傳的著作，有人（如孔安國）說是孔子學生的作品，也有人（如《舊唐書・經籍志》）說是王肅所撰寫，甚至有人（如崔述）懷疑是王肅的學生所偽造的……等等，真真假假，假假真真，讓人看得眼花撩亂，撲朔迷離；但不論本書的真正作者是誰，對身為後人的我們來說，都已經是「先賢」了，所以當我們在翻閱前人作品的時候，所最需在意的，是要汲取作者歷久彌新的人生歷練、智慧結晶，讓世道人心的素質能夠更為提升，至於「作者是誰？」的爭論，就暫且擱下吧！

因此，老師很樂意將本篇文章推薦給同學們來欣賞，但願你在閱讀本篇文章以後，能夠用心去思考什麼叫作「往而不來者，年也；不可再見者，親也。」相信你在明白它的涵義以後，會對人生的未來，有著不同於過往的了悟，能夠從此更加自我惕勵，及時力行，不會誤蹈丘吾子當年的覆轍，而有「俯仰無愧」的喜樂和平安。

文本

孔子適❶齊，中路❷聞哭者之聲，其音甚哀，孔子謂其僕曰：「此哀則哀矣；然非喪者之哀矣！」驅❸而前，少進，見有異人❹焉，擁鐮帶素❺，哭者不哀。

孔子下車，追而問曰：「子何人也？」對曰：「吾丘吾子也。」曰：「子今非喪之所，奚❻哭之悲也？」丘吾子曰：「吾有三失，晚而自覺，悔之何及？」曰：「三失可得聞乎？願子告吾，無隱也。」丘吾子曰：「吾少時好學，周遍天下❼，後還，喪吾親，是一失也。長事齊君，君驕奢失士，臣節不遂❽，是二失也。吾平生厚交，而今皆離絕，是三失也。夫樹欲靜而風不停，子欲養而親不待，往而不來者，年也；不可再見者，親也，請從此辭。」遂投水而死。

孔子曰：「小子識❾之，斯足爲戒矣！」自是弟子辭，歸養親者十有三。

註釋

❶適：前往。
❷中路：在路途中。
❸驅：趕著馬車。
❹異人：特殊（此處係指「穿著特殊」）的人。
❺擁鐮帶素：手拿著鐮刀，身穿著素色的服裝。
❻奚：為何。
❼周遍天下：走遍整個天下。
❽臣節不遂：沒有完全盡到人臣的節義。
❾識：音ㄓˋ，牢記在心。

賞析

才跟學生講解了「父母在，不遠遊，遊必有方。」的涵義，有位僑生於下課後，在門口等我，他很痛苦地說：「從小，我就離開家鄉，先後到過泰國、雲南、香港，不久，我要辦理休學，將從台灣前往日本……，我很希望像馬可波羅一樣到處遊歷，將來回到緬甸，能寫一本遊記，所以十多年來，都沒有跟家人聯絡，我的父母都不知道——今天，我人在哪裡。老師，我是不是不孝啊？」

有位七十歲的老學生和我聊起往事，話一說完，他輕輕吟誦：「勿謂今日不學而有來日，勿謂今年不學而有來年，日月逝矣，歲不我延。嗚呼！老之將至，是誰之愆？」那哀傷的神情，令人難忘。

以上兩個實例，是我三十多年教學生涯中印象深刻的往事，偶而，我也會在課堂上提起，希望學生切記他們的真實經歷。最近翻閱《孔子家語》，在不經意間看到這篇文章，我來來回回品嘗、思索，又懷念起這位僑生和老學生，我想：他們兩人，也有著丘吾子一樣的悔憾吧！

想當年，我講「父母在，不遠遊，遊必有方。」這段文章，固然強調了「冬溫而夏清，昏定而晨省。」的必要，卻也同時說明：「如果為了求學或工作，必須離鄉背井，還是可以遠遊的，只不過當你遠遊以後，一定要跟父母『竹報平安』，讓父母知道你人在哪裡？在做什麼？跟誰在一起？……讓父母在倚閭盼望的時刻，也有一絲絲的慰安。」

從丘吾子的感嘆：「吾少時好學，周遍天下，後還，喪吾親，是一失也。」，乍看起來，他是懊惱於年輕的時候只顧求學，而忽略了孝親，以至於在學業告一段落，回到家鄉，才突然發現父母俱已撒手塵寰，讓自己徒懷「樹欲靜而風不停，子欲養而親不待」的緜緜悔憾了。

丘吾子的悔憾，有一部分是可以理解、可以原諒的，因在過去，由於交通不便、通訊不良，異鄉遊子要與家人互通訊息，是非常困難的，所以，別說春秋時代的丘吾子會痛憾於「後還，喪吾親」，即便是千年之後的杜甫，也依然有著「明日隔山岳，世事兩茫茫。」的無奈。

至於丘吾子的第二項遺憾：「長事齊君，君驕奢失士，臣節不遂。」，細究起來，也不能全然怪責丘吾子。因為「君臣之義」是以百姓禍福為考量，人君如果「驕奢失士」，人臣能做的，除了進諫忠言以外，就是在諫諍無效後，選擇革命或離開；但要採取「順乎天而應乎人」的「湯、武革命」，又談何容易？因而大多數的往聖先哲，都選擇了「離開」一途，像孔子的「去父母之國」、晏子的遠離齊莊公，全都是如此，後代也沒有人怪責他們是「臣節不遂」，畢竟懷執忠肝義膽，去為國家、為百姓奉獻心力，雖是士人應盡的天職；然當君臣理念不合，士人無以進言時，選擇韜光隱晦，遯世無悶，也算是獨善其身，守先待後，合乎大易「天地閉，賢人隱。」的古訓，丘吾子實在不必以此怪責自己是「臣節不遂」。更何況《周易．繫辭傳》也說：「君子藏器於身，待時而動。」一時的韜光隱晦，未必就是永遠的遁隱，對一位有心去經世濟民的士人來說，總是需要在遭遇挫折的時候告訴自己：「我蹲下，是為了站起；我休息，是為了走更遠的路。」怎能空自憂傷，徒呼負負呢？

不過說到丘吾子的第三項遺憾：「平生厚交，而今皆離絕。」就讓人感覺比較傷腦筋了。因為生老病死，固然如同潮升潮降、花開花落一樣，是一項眾人皆知的物理常態；但「愛之，欲其生。」卻也是人之常情，所以追求青春永駐、長生不老，一直都是人類毫不放鬆的目標，可惜到今天為止，物理的研究還沒有出現關鍵性的突破，丘吾子「平生厚交，而今皆離絕。」的遺憾，我們依然要去真實面對。

但面對，就坦然面對吧！莊子說：「夫大塊載我以形，勞我以生，佚我以老，息我以死。故善吾生者，乃所以善吾死也。」，孟子也說：「知命者不立乎巖牆之下」，只要我們樂天知命，珍惜當下，死亡也不是生命的唯一詮釋，我們又何必「以死傷生」，而不去善待吾生呢？更何況丘吾子所說的「離絕」，未必全屬「死別」，它也可能涵蓋著「生離」，如果是「生離」，這對生長於交通便捷、通訊快速的今人來說，那就簡單多了，因為藉由陸運、空運或海運的快速傳遞，我們已經可以朝發夕至，讓「家鄉」和「他鄉」的距離縮短，讓「日久他鄉即故鄉」的說法成為事實；甚至連「竹報平安」，也可以經由電話、e-mail和視訊的運用而快速完成，所以，對當代人來說，「交通不便、通訊不良」的缺憾，已然不復存在，我們不用像江淹一樣歎息說：「黯然銷魂者，唯別而已矣！」，反而可以在離別的時候，瀟灑地告訴親友說：「離別是再見的開始」。

但話又說回來，不論交通如何便捷、通訊如何快速，倘若我們彼此冷漠對待，不相往來，甚至同室操戈，相煎太急，那麼，相見不如不見，再也沒人會像杜甫一樣感嘆：「人生不相見，動如參與商。」了，因為再發達的科技，也改變不了人心的疏遠距離。丘吾子說：「往而不來者，年也；不可再見者，親也。」，這是他刻骨銘心的悲痛——他感嘆自己蹉跎了歲月、疏忽了孝親，讓自己和時光、父母之間失去了聯繫，產生了疏離，直到年華老去、父母俱逝，才猛然驚覺，卻又已經造成遺憾，追悔不及了。所以凡事要及時，求學如此，孝親也是如此。

依照本篇文章的敘述，丘吾子在感慨：「往而不來者，年也；不可再見者，親也。」以後，竟然「投水而死」，對這個後續動作，孔老夫子宅心仁厚，沒有作評論，老師卻覺得如鯁在喉，有話要說——在《禮記．祭義篇》，明白記載了曾子談論孝道的本質說：「身也者，父母之遺體也，行父母之遺體，敢不敬乎？」這段話說得非常好，它清楚地告訴大家：每一位為人子女者，都是父母的化身，傷害了自己，就等同於傷害父母。如今，在父母存世的時候，丘吾子已經懊悔來不及孝順他們，怎麼可以在父母過世以後，還忍心對他們二度傷害呢？這豈不是一錯再錯，不孝加不孝，太過愚蠢了嗎？

唉！人生在世，不過是數十年的光陰而已，數十年間，我們要安身立命，要為稻粱謀、要為俗事愁，說實在的，也夠忙碌、夠勞累的，假如我們一味感情用事，始終迷糊度日，那麼，類似丘吾子這樣的愚昧行徑、無端悔憾，就會層出不窮；倘若我們沉澱激情，理性規劃人生，懂得及時勉勵，在家事、國事、天下事之間，取得一個平衡，那麼，縱然是身為販夫走卒、縱然是餐餐粗茶淡飯，也是相當幸福的。

問題與思考

一、逢年過節，你有「獨在異鄉為異客，每逢佳節倍思親。」的情懷嗎？

二、外出晚歸，你會和家人通電話、報平安嗎？

三、你記得家人（特別是父母）的生日，並在當天向他們說句：「生日快樂！」嗎？

四、人子的生日，就是「母難日」，你會在生日當天，向母親說聲：「謝謝！」嗎？

五、如果人生可以重來，你對逝去的流光，會有遺憾嗎？

六、既然人生不可重來，你對未來的歲月，可有好好規劃？

延伸閱讀

一、郭慶藩，《莊子集釋》，臺北，河洛圖書出版社。

二、戴聖，《禮記》，臺北，藝文印書館。

三、仇兆鰲，《杜詩詳註》，臺北，文史哲出版社。

四、章學誠，《文史通義》，臺北，史學出版社。

五、張錦弘，〈殺掉老化基因　人類延壽有望〉，臺北，89.4.30.《聯合報》。

六、李乾朗，〈不求天長地久，但願盡心盡力〉，臺北，89.4.28.《中國時報》。

葉論啓教授撰述

《莊子》選讀

莊周

導讀

《莊子》一書，是優美的文學作品，也蘊含深厚的哲學思想。本課選錄自《莊子》之〈秋水〉、〈徐无鬼〉、〈齊物論〉、〈列禦寇〉等篇，並權設標題為「鵷鶵與鴟」、「運斤成風」、「莊周夢蝶」、「厚葬薄葬」，擷取極短篇的故事方式，管窺莊子之深奧思想。

莊子（約西元前三六九～西元前二八六），名周，戰國時代著名思想家、哲學家、文學家，是道家學派的代表人物，與老子並稱為「老莊」。《史記》記載：「莊子者，蒙人也，名周。周嘗為蒙漆園吏，與梁惠王、齊宣王同時。其學無所不窺，然其要本歸於老子之言。故其著書十餘萬言，大抵率寓言也。」可知莊子擅長運用許多寓言故事，闡明奧妙的理念思想。

清代金聖嘆將《莊子》、《離騷》、《史記》、《杜詩》、《水滸傳》、《西廂記》稱為「六大才子書」。以莊周為第一才子，而《莊子》為「天下第一才子書」。

文本

(一) 鵷鶵與鴟〈秋水〉

惠子❶相梁❷，莊子往見之。

或謂惠子曰：「莊子來，欲代子相。」於是惠子恐，搜於國中，三日三夜。莊子往見之，曰：「南方有鳥，其名鵷鶵[3]，子知之乎？夫鵷鶵，發於南海，而飛於北海，非梧桐不棲，非練食[4]不食，非醴泉[5]不飲。於是鴟[6]得腐鼠，鵷鶵過之，仰而視之曰：『嚇[7]！』今子欲以子之梁國而嚇我邪？」

(二)運斤成風〈徐无鬼〉

莊子送葬，過惠子之墓，顧謂從者曰：「郢人[8]堊[9]慢[10]其鼻端，若蠅翼，使匠石[11]斲[12]之。匠石運斤成風[13]，聽[14]而斲之，盡堊而鼻不傷。郢人立不失容[15]。宋元君[16]聞之，召匠石曰：『嘗試為寡人為之！』匠石：『臣則嘗能斲之，雖然，臣之質[17]死久矣！』自夫子[18]之死也，吾無以為質矣！吾無與言之矣[19]！」

(三)莊周夢蝶〈齊物論〉

昔者莊周，夢為胡蝶[20]，栩栩然[21]胡蝶也。自喻適志與[22]！不知周也。俄然[23]覺，則蘧蘧然[24]周也。不知周之夢為胡蝶與？胡蝶之夢為周與？周與胡蝶，則必有分矣！此之謂物化㉕。

(四) 厚葬薄葬〈列禦寇〉

莊子將死，弟子欲厚葬之。

莊子曰：「吾以天地爲棺槨㉖，以日月爲連璧㉗，星辰爲珠璣㉘，萬物爲齎送㉙。吾葬具豈不備邪？何以加此！」

弟子曰：「吾恐烏鳶㉚之食夫子也！」

莊子曰：「在上爲烏鳶食，在下爲螻蟻㉛食，奪彼與此，何其偏㉜也！」

註釋

❶惠子：惠施，戰國時名家。

❷相梁：指惠施在梁國為宰相。

❸鵷鶵：音ㄩㄢ ㄔㄨˊ，鳳凰。

❹練食：竹實（成玄英說）。

❺醴泉：甘泉。

❻鴟：音ㄔ，鷂鷹；鴟鴞。

❼嚇：此指鳥之發怒聲。

❽郢人：楚人。郢：音ㄧㄥˇ，楚國都城，在今湖北省江陵縣。

❾堊：音ㄜˋ，白善土，即刷牆用的白土，即石灰。

❿慢：通「漫」或「墁」，塗抹。

⓫匠：古代專指木匠，石：匠人的名字。

⑫ 斲：音ㄓㄛˊ，砍。

⑬ 運斤成風：揮斧時迅速威猛。斤：斧。

⑭ 聽：任。

⑮ 不失容：指面不改色。

⑯ 宋元君：即宋元公。

⑰ 質：原指箭靶，此指對象、對手，即指郢人。

⑱ 夫子：指惠施。

⑲ 吾無與言之矣：我沒有人可以討論它了。之：指莊子的思想理論。

⑳ 胡蝶：蝴蝶。

㉑ 栩栩然：欣然自得的樣子。崔譔本「栩」作「翩」。

㉒ 自喻適志與：或謂此句係後人注解，而誤入正文。自喻適志：自得快意。喻：通「愉」，愉快。適：合。與：歟。

㉓ 俄然：須臾；不久。

㉔ 蘧蘧然：自得的樣子（韻會）。僵直之貌（林希逸說），僵臥之貌（釋德清說）。蘧：音ㄑㄩˊ。

㉕ 物化：形象的變化。物：指形象、現象。

㉖ 棺槨：指棺材。槨：音ㄍㄨㄛˇ，外棺。

㉗ 連璧：雙璧。

㉘ 珠璣：珍珠。

㉙ 齎送：指殉葬。齎：音ㄐㄧ，送。

㉚ 烏：烏鴉。鳶：音ㄩㄢ，老鷹。

㉛ 螻蟻：螞蟻。

㉜ 偏：偏心。

賞析

莊子身處亂世，卻超越俗塵，有自我的思想見地，所謂「上與造物者遊，而下與外死生、無終始者為友」，其超然物外的智慧，以及汪洋宏肆的氣魄，千古以來，是眾多文人效法的對象。

莊子與惠子年齡相仿，一為道家，一為名家，雖然兩人道不相同，卻成為摯友，他們二人常為了理念，而針鋒相對。依據《莊子》一書的記載，學富五車的惠子，與莊子辯論總是略遜一籌。如〈秋水〉之「鵷鶵與鴟」，惠子為梁惠王宰相時，莊子往訪，惠子以為莊子將取代他的位置，而十分驚恐，到處搜尋，卻不見莊子蹤影，最後莊子竟然出神入化似地，出現在惠子面前，這景象充滿戲劇性的玄疑起伏效果，兩人境界孰高孰下？此刻自可立見真章，而莊子得理不饒人，自比為「鵷鶵」，將惠子喻為「鴟」，那區區的「相位」，就像「腐鼠」，莊子以居高臨下之姿，恐怕令善辯的惠子，為之氣結！

在《莊子》一書中，莊子與惠子有許多哲理的精彩論辯，雖然彼此互不相讓，可見二人交情匪淺。如〈徐无鬼〉之「運斤成風」，莊子自比為「匠石」，將惠子喻為「郢人」，兩位旗鼓相當的人，才能演出精彩絕倫的好戲，如果喪失對手，不僅不能唱獨角戲，再也失去舞台。可見在莊子的心中，惠子是獨一無二的高明對手，任何人都無法取代，這種惺惺相惜之情，實溢於言表。

〈齊物論〉之「莊周夢蝶」，在中國古代夢理論與夢文學，實佔有一席之地，影響後人甚鉅。莊周與蝴蝶有分別嗎？在理上，是物我一體，平等無別，莊周與蝴蝶無異，應等量齊觀；在事上，有假名的分別，莊周與蝴蝶名稱不同，各有所夢。李白詩〈古風之九〉：「莊周夢胡蝶，胡蝶夢莊周；一體更變易，萬事良悠悠。」可稍作注腳。

〈列禦寇〉之「厚葬薄葬」，詮顯莊子生死的豁達觀念，連死後也要貫徹「齊物論」。如果死後遺體將成為動物的食物，就不必厚此薄彼，厚葬的結局是被「螻蟻」所食，薄葬的下場是被「烏鳶」所食，那就不需計較「厚葬」或「薄葬」。莊子將整個的「天地」之間視為「棺槨」，「日月星辰」當做是陪葬的璧玉珍珠，「萬物」就是殉葬的物品，這種將天地、萬物合而為一的豪情壯志，實令人大開眼界！

《世說新語．任誕》記載竹林七賢之一劉伶，時常「縱酒放達」，曾經在屋內「脫衣裸形」，有人譏笑他，劉伶卻說：「我以天地為棟宇，屋室為褌衣。諸君何為入我褌中？」劉伶將「天地」當成房子，「屋室」是他的「褌衣」，責怪別人誤闖私處！暫不論其「任誕」之行徑，從觀念而論，這種人與天地合而為一的思想概念，應是根源於《莊子》之啟發。

問題與思考

一、如果你的知心好友，自比為「鵷鶵」，而將你貶損為「鴟」，你將如何回應？

二、在茫茫人海中，如果能遇見旗鼓相當的人，請你想像彼此的相處之道，試舉例說明。

三、你認為「莊周夢蝶」，象徵什麼境界？你是否曾經正在夢境之中，卻誤以為是在真實世界？你覺得夢中的悲歡離合，會不會影響你現實的心情？

四、你對莊子厚葬與薄葬的理論，有何意見？現代有各種埋葬方式，如土葬、火葬、海葬、天葬、樹葬、植葬等等，你的看法如何？你喜歡什麼方式？為什麼？

延伸閱讀

一、陳鼓應註譯，《莊子今註今譯》，臺北：台灣商務印書館，2004。
二、黃錦鋐注譯，《新譯莊子讀本》，臺北：三民書局，1996。
三、郭慶藩，《莊子集釋》，臺北：河洛圖書出版社，1974。
四、吳怡，《逍遙的莊子》，臺北：東大出版社，1984。
五、傅佩榮，《向莊子請益》，臺北：立緒文化出版社，2007。
六、顏崑陽，《人生是無題的寓言：莊子的寓言世界》，臺北：躍昇文化出版社，1994。
七、王邦雄，《莊子道》，臺北：漢藝色研出版社，1993。

簡秀娥教授撰述

《韓非子》選讀

韓非

導讀

《韓非子》是韓非的著作，原名為《韓子》。《漢書・藝文志・諸子略・法家》著錄時稱為《韓子》，直至唐代，諸史藝文志或經籍志，皆沿用此名。宋代以後，學界推崇唐代韓愈為「韓子」，為避免混淆，或稱韓非的著作為《韓非子》，現今學界亦然。

韓非（約西元前二八〇～西元前二三三）是韓國的貴族，和李斯都是荀子的弟子，其思想歸本於黃老。韓非以前的法家，可分三派：一是尚法派，以商鞅為代表；二是任勢派，以慎到為代表；三是用術派，以申不害為代表。韓非主張法、勢、術三者互相結合，是戰國時期法家思想集大成者。

《史記》記載：「韓非者，韓之諸公子也。喜刑名法術之學，而其歸本於黃老。非為人口吃，不能道說，而善著書，與李斯俱事荀卿。斯自以為不如非。非見韓之削弱，數以書諫韓王，韓王不能用。……故作〈孤憤〉、〈五蠹〉、〈內外儲〉、〈說林〉、〈說難〉十餘萬言。……人或傳其書至秦，秦王見〈孤憤〉、〈五蠹〉之書，曰：『嗟乎！寡人得見此人，與之遊，死不恨矣。』」

戰國七雄中，韓國的國勢頗弱，在地緣上，與秦國為鄰，如果秦軍東進，首當其衝，將先亡國；如果六國合縱抗秦，又成先鋒，將危如累卵！韓國君主不思厲精圖治，群臣又苟且偷安，內憂外患紛沓而來，其情勢岌岌可危。韓非雖上書獻策，企圖大振國威，然而韓王卻置之不理，韓非只得轉為著書立說。

秦王政十三年（西元前二三四年），韓非奉命出使秦國，遊說秦王不必急攻韓，而須先伐趙（《韓非子・存韓》），然而秦王卻聽信李斯的反對意見。韓非至秦國第二年（西元前二三三年），被李斯、姚賈陷害入雲陽監獄（今陝西省淳化縣西北），最後韓非被迫服毒自盡。

文本

(一) 畫鬼最易〈外儲說左上〉

客有爲齊王畫者，齊王問曰：「畫孰❶最難者？」曰：「犬馬最難。」「孰最易者？」曰：「鬼魅❷最易。夫犬馬人所知也，旦暮罄于前❸，不可類❹之，故難。鬼魅無形者，不罄于前，故易之也！」

(二) 濫竽充數〈內儲說上〉

齊宣王❺使人吹竽❻，必三百人。南郭❼處士❽請爲王吹竽，宣王說❾之，廩食以數百人❿。宣王死，湣王⓫立，好一一聽之，處士逃。

一曰：韓昭侯⑫曰：「吹竽者眾，吾無以知其善者。」田嚴⑬對曰：「一一而聽之。」

(三) 三蝨相訟〈說林下〉

三蝨相與訟⑭，一蝨過之，曰：「訟者奚⑮說？」三蝨曰：「爭肥饒之地。」一蝨曰：「若亦不患臘之至而茅之燥耳⑯，若又奚患？」於是乃相與聚嘬⑰其母⑱而食之，彘⑲臞⑳，人乃弗殺。

註釋

❶孰：何。

❷鬼魅：鬼怪。

❸旦暮罄于前：指早晚都出現在眼前。罄：音ㄑㄧㄥˋ，盡、皆、都；一說通「俔」：見。

❹不可類之：指不能畫得完全相似。類：似、像。

❺齊宣王：姓田，名辟彊，戰國齊威王之子，齊湣王之父，在位十九年（西元前三四二年～西元前三二四年）。

❻竽：樂器名，即笙，有三十六簧，分前後兩排。

❼南郭：外城南邊。一說，南郭為複姓，因住南郭，故以為姓。

❽處士：指沒有官職的人。

❾說：同「悅」。

❿廩食以數百人：指公家依照其餘數百樂師的薪俸待遇給付。廩食：公家發給的糧食，指薪俸。

⓫湣王：姓田，名地，齊宣王之子，齊襄王之父，在

位四十年（西元前三一三年~西元前二八四年）。燕國大將樂毅攻入齊國首都臨淄，湣王逃往莒城，後來被楚國將軍淖齒殺死。

⑫韓昭侯：戰國時韓國的君主，韓懿侯之子，在位二十六年，曾任申不害為相，實行法術，國內平治。

⑬田嚴：人名，事蹟不詳。

⑭三蝨相與訟：三隻蝨子互相爭論。蝨：音ㄕ，蟲名，寄生於人或哺乳動物身上的吸血寄生蟲。相與：互相、一起。訟：爭論是非。

⑮奚：何。

⑯若亦不患臘之至而茅之燥耳：指臘祭時，豬將被人殺來祭祀，蝨子就無從寄生了，蝨子應擔心的是豬的存亡，而非若眼前的小利益。若：你；你們。患：擔心。臘：祭祀名，在冬至後第三個戌日，合祭百神。而：與（《校釋》）。茅：菅類的草。燥：燒烤。

⑰嘬：音ㄔㄨㄞˋ，吸食。

⑱母：母體，蝨是從彘上寄生，所以稱彘為母。一說：「母」應作「血」。

⑲彘：音ㄓˋ，豬。

⑳臞：同「癯」，音ㄑㄩˊ，瘦。

賞析

《韓非子》一書，寓言眾多。韓非藉著寓言故事，而襯托事理，宣傳政治思想。從淺顯的寓言故事，令人容易切入其學說。

「畫鬼最易」，選自〈外儲說左上〉；敘述畫鬼容易，畫犬馬困難。人人可見的動物，一天到晚出現在眼前，任誰都無法胡說八道。子虛烏有的事物，無從考證，隨人繪聲繪影，儼然若有其事。因為狗和馬在日常生活中，常出現在眼前，如果要將牠們畫得栩栩如生，又符合眾人的概念，那麼將難上加難，因為每個人都能用自己的標準去檢測，將是眾說紛紜，作品的優劣恐怕毀譽參半。然而鬼魅無形，原則上一般人沒有見過，想怎麼畫，就隨意信手拈來，誰也無法駁斥真假。這則寓言故事，具有反諷的意味：象徵真理往往被挑剔再三，而假話卻常常暢行無阻。

「濫竽充數」，選自〈內儲說上〉；敘述南郭處士喬裝吹竽高手的故事。齊宣王喜歡聽三百人的「合奏」，南郭處士乘機偽裝，而獲得名利；齊湣王卻喜歡聽「獨奏」，南郭處士眼見無從遁形，只得逃之夭夭。這則寓言故事，提倡明辨審問的道理，象徵真才實學的重要；雖然有些人矇混過關，僥倖名利雙收，但終究逃不過有人慧眼獨具的揀擇。

「三蝨相訟」，選自〈說林下〉；以擬人法的方式，敘述三隻蝨子從爭到合、從敵到友的故事。一般人短視近利，只在眼前的事你爭我奪，卻不知遠處的災禍將至。原本彼此是敵對的，但為了共同的利益，卻可改變立場，進而同心協力。在紛亂的戰國時代，敵友之分，原以生存利益為考量但時局詭譎，若一朝得失更換，則分合不定！例如：蘇秦提倡「合縱」，主張聯合六國，共同抵抗強秦，難道六國皆是萬眾一心？仔細分析思量，可知也是為了共同的生存而權宜合作。

問題與思考

一、你認為「畫鬼最易」嗎？你認為眼睛看到的是真？耳朵聽到的是真？即使鐵證如山，會不會其中的實情有待商榷？

二、你認為擁有真才實學，一定能被重用嗎？一個「濫竽充數」的人，是否也會有光明的前途？

三、讀了「三蝨相訟」之後，給你什麼啓發？你周遭的朋友們，有沒有只是為了利益結合，而虛情假意？

四、《韓非子・五蠹》：「宋人有耕者，田中有株，兔走觸株，折頸而死。因釋其耒而守株，冀復得兔，兔不可復得，而身為宋國笑。」你知道這是什麼成語故事？這象徵什麼意義？

延伸閱讀

一、王先慎，《韓非子集解》，臺北：臺灣商務印書館，1969。
二、吳宏一，《神話寓言》，臺北：桂冠出版社，1988。
三、張素貞校注，《新編韓非子》，臺北：國立編譯館，2001。
四、傅武光、賴炎元譯注，《新譯韓非子》，臺北：三民出版社，1997。
五、劉乾先、張在義譯注，《韓非子》臺北：錦繡出版社，1993。
六、蔡志忠，《韓非子說》動畫DVD，臺北：明日工作室，2003。
七、謝雲飛，《韓非子析論》，臺北：東大出版社，1980。

簡秀娥教授撰述

《世說新語》選

劉義慶

導讀

劉義慶，南朝宋彭城人（西元四〇三～四四四）。襲封臨川王，歷任丹陽尹、荊州刺史、江州刺史等，性簡素，寡嗜欲，愛好文學，卒諡康。著有《幽明錄》、《宣驗記》、《徐州先賢傳》、《世說新語》等書。

《世說新語》全書分上、中、下三卷，依故事內容分為「德行」、「言語」、「政事」、「文學」等三十六類，共一千一百多則。主要記述東漢至東晉間文人雅士之軼事、瑣語，反映魏晉文人的思想言行。筆調簡潔而丰姿多采，善於將人物的語言與情態結合，讀來如見其人、如見其事，正如明人胡應麟於《少室山房筆叢》卷十三所說：「讀其語言，晉人面目氣韻，恍忽生動，而簡約玄澹，真致不窮。」全書保留下許多膾炙人口的名句佳言，而所記載的人物事跡、文學典故等也多為後世所取材。

文本

(一)〈文學第四〉

文帝嘗令東阿王❶七步中作詩，不成者行大法。應聲便爲詩曰：「煮豆持作羹，漉❷菽❸以為汁。萁❹在釜下然，豆在釜中泣。本是同根生，相煎何太急？」帝深有慚色。

（二）〈傷逝十七〉

王戎❺喪兒萬子，山簡❻往省之，王悲不自勝。簡曰：「孩抱中物，何至於此？」王曰：「聖人忘情❼，最下不及情❽；情之所鍾❾，正在我輩❿。」簡服其言，更為之慟。

（三）〈任誕二十三〉

王子猷⓫居山陰，夜大雪，眠覺，開室，命酌酒。四望皎⓬然，因起彷徨⓭，詠左思〈招隱詩〉⓮。忽憶戴安道⓯，時戴在剡⓰，即便夜乘小船就之。經宿⓱方至，造門⓲不前而返。人問其故，王曰：「吾本乘興而行，興盡而返，何必見戴？」

註釋

❶東阿王：即曹植。曹植，字子建，曹操正妻卞氏所生第三子，曹丕為其同母長兄。幼能屬文，甚為操寵愛，其兄曹丕後為魏文帝，忌其才而不用，封陳王。植才思俊捷，詞藻富麗，尤長於詩，南朝宋謝靈運曾言：「天下才共一石，子建獨得八斗。」曹丕死後，魏明帝曹叡繼位，轉封東阿，故稱東阿王。

❷漉：音ㄌㄨˋ，過濾。

❸菽：豆類總稱。

❹萁：音ㄑㄧˊ，豆莖。

❺王戎：人名，西晉臨沂人，出身世族，為竹林七賢之一。

❻山簡：人名，河內懷人，竹林七賢山濤的第五子。性溫雅，有父風。

❼聖人忘情：指聖人寄心於大道，超脫世俗，澹然處事，不為情感所困擾。

❽最下不及情：指最駑下的人根本沒有感情。

❾情之所鍾：鍾，積聚。情之所鍾，指情感專注。

❿我輩：我們，特指具某一特性或志趣相投的群體。

⓫王子猷：即王徽之，子猷為其字。東晉書法家王羲之的兒子，才識特出，生性不羈。

⓬皎：潔白明亮。

⓭彷徨：徘徊。

⓮左思〈招隱詩〉：左思，西晉臨淄人，出身寒門，仕進不得意，善詩文。左思《招隱詩》有二首，表現出仕途難通後，隱居山林的想望。其一：「杖策招隱士，荒塗橫古今。岩穴無結構，丘中有鳴琴。白雪停陰岡，丹葩曜陽林。石泉漱瓊瑤，纖鱗或浮沈。非必絲與竹，山水有清音。何事待嘯歌，灌木自悲吟。秋菊兼餱糧，幽蘭間重襟。躊躇足力煩，聊欲投吾簪。」其二：「經始東山廬，果下自成榛。前有寒泉井，聊可瑩心神。峭蒨青蔥間，竹柏得其真。弱葉棲霜雪，飛榮流餘津。爵服無常玩，好惡有屈伸。結綬生纏牽，彈冠去埃塵。惠連非吾屈，首陽非吾仁。相與觀所尚，逍遙撰良辰。」

⓯戴安道：即戴逵，東晉譙郡人，後徙居會稽剡縣。善彈琴，人品甚高。為雕塑家、畫家、學者，尤善畫宗教人物，兼擅山水、畜獸等體。

⓰剡：音ㄕㄢˋ，縣名。

⓱經宿：經整晚。

⓲造：到。

賞析

人生有許多不同的面向，做什麼事抱持什麼態度，是一種選擇，也是一種智慧，這些人生的選擇與智慧，在古書中往往有許多可參考借鑒之處。《世說新語》就是一本反應人生不同面向的趣書，作者在書中以生動的描寫及畫龍點睛的言論，栩栩如生的描繪出魏晉時期士人的生活與面貌，藉由這些簡短的故事，可深刻的觀察到許多人生不同的風貌。本課略舉三則，以供欣賞。

曹植七步成詩的故事，除表現出曹植的才高八斗與反應機智之外，更重要的是具有手足相殘的警惕。歷史上多的是為爭權奪利而兄弟鬩牆的故事，現今社會也不乏因爭奪家產而大打出手、互告官司的新聞。「煮豆燃萁」這一深刻的典故，一針見血的點出其中的弔詭。

王戎喪子的故事，表現的是一位父親對兒女深厚的情感。而「聖人忘情，最下不及情；情之所鍾，正在我輩。」一句，指出的也正是一般常人最應珍惜之事。情之所鍾的人們，既不像超脫世俗的聖人忘情，也不像最下者的不及情，往往在生活中遭遇著種種悲、歡、喜、樂，這些情緒若能順勢而發、順情而抒，不也是人生最可貴之處。明人張潮於《幽夢影》中指出：「情之一字，所以維持世界。」說的就是此理。

王子猷訪友的故事，呈現的是魏晉名士不拘一格，風流儒雅的瀟灑風度，也是一種人生的美感智慧。白雪飄然的美景當前，酌酒、詠詩，好不愜意，此時若有同好共享，不更是一大快事，於是子猷乘興訪友，一方小舟行於皓然江雪之中，滿滿的美感心境、滿滿的欣喜期待、滿滿的有樂同享，這一切在當下是多麼的美好。船行了一夜，最後戛然而止於好友門前。人雖沒見到，心卻已經飽享了所有的興味。在感性之前，誰說一定要達成目的，才是完美呢？

問題與思考

一、你是否有與王子猷類似的美感體驗，請說出來一起分享？
二、從古至今有許多兄弟相爭的故事，可否舉例，並說說自己的想法。
三、請舉出與本課故事有關的成語或諺語？
四、《世說新語》保留下許多膾炙人口的嘉言名句，請舉例說明。

延伸閱讀

一、劉義慶，《世說新語》
二、蔡志忠編繪，《六朝的清談——世說新語》，時報出版社，1992。

呂瑞生教授撰述

垓下之困

司馬遷

導讀

本文節選自《史記．項羽本紀》。按《史記》的體例，本紀是以帝王為中心，記載相關的國家大事。項羽雖然未登帝位，但秦滅之後，漢興之前，曾號令天下，掌握政權。司馬遷作〈本紀〉著重的是政權的歸屬，重實而不重名，所以將項羽列入本紀。

司馬遷（西元前一四五——西元前八六）字子長，西漢夏陽（今陝西省韓城縣）人。父親司馬談學識淵博，任職太史令，司馬遷幼年受到良好的文化薰陶，後來又拜大儒董仲舒、孔安國為師。二十歲以後，曾多次出遊，足跡遍及大江南北，他在旅行中貼近山川地理，了解風俗人情，採集遺聞軼事，考察古蹟文物，核實史料正訛，為著史的宏願作準備。三十八歲時，繼承父親司馬談為太史令，並承遺命著史。天漢二年（西元前九九年），李陵戰敗而投降匈奴，司馬遷仗義為之辯護，觸怒武帝下獄。不久，受宮刑之辱，身心遭受巨創。因《史記》草創未成，隱忍苟活，發憤著述。以二十年的時間完成這部上起黃帝，下迄漢武帝太初年間的通史。《史記》是紀傳體之祖，全書由本紀十二篇、世家三十篇、列傳七十篇、表十篇、書八篇組成，共一百三十篇，五十二萬餘字。

項籍，字羽。秦末隨叔父項梁起兵。鉅鹿之戰大破秦軍，稱霸諸侯；秦亡後，自立為西楚霸王，霸業達到巔峰。隨之復陷楚漢相爭的亂局，最後項羽兵困垓下，烏江自刎，結束一生的霸業。

〈項羽本紀〉是《史記》最富藝術魅力的人物傳記之一。本篇節錄垓下之困及太史公論贊。垓下之困描繪項羽身陷垓下，悲歌別姬，潰圍快戰，終至烏江自刎的一段歷史。文末司馬遷對項羽功過得失作一客觀評論，肯定其滅秦之功，亦指出其性格行事的缺失。

文本

項王軍壁垓下[1]，兵少食盡，漢軍及諸侯兵圍之數重。夜聞漢軍四面皆楚歌[2]，項王乃大驚曰：「漢皆已得楚乎？是何楚人之多也！」項王則夜起，飲帳中。有美人名虞，常幸從[3]；駿馬名騅[4]，常騎之。於是項王乃悲歌忼慨[5]，自爲詩曰：「力拔山兮[6]氣蓋世[7]，時不利兮騅不逝[8]。騅不逝兮可奈何，虞兮虞兮奈若何[9]！」歌數闋[10]，美人和[11]之。項王泣數行下，左右皆泣，莫能仰視。

於是項王乃上馬騎，麾下[12]壯士騎從者八百餘人，直夜[13]潰圍南出，馳走。平明[14]，漢軍乃覺之。令騎將灌嬰以五千騎追之。項王渡淮，騎能屬[15]者百餘人耳。項王至陰陵[16]，迷失道，問一田父[17]，田父紿[18]曰「左」，左，乃陷大澤中，以故漢追及之。項王乃復引兵而東，至東城，乃有二十八騎。漢騎追者數千人。項王自度[19]不得脱。謂其騎曰：「吾起兵至今八歲矣，身七十餘戰，所當者破，所擊者服，未嘗敗北，遂霸有天下。然今卒困於此，此天之亡我，非戰之罪也。今日固決死，願爲諸君快戰[20]，必三勝之，爲諸君潰圍、斬將、刈[21]旗，令諸君知天亡我，非戰之罪也。」

乃分其騎以爲四隊，四嚮[22]。漢軍圍之數重。項王謂其騎曰：「吾爲公取彼一將。」令四面騎馳下，期山東爲三處[23]。於是項王大呼馳下，漢軍皆披靡[24]，遂斬漢一將。是時，赤泉侯爲騎將。追項王，項王瞋目而叱之，赤泉侯[25]人馬俱驚，辟易[26]數里。與其騎會爲三處。漢軍不知項王所在，乃分軍爲三，復圍之。項王乃馳，復斬漢一都尉，殺數十百人，復聚其騎，亡其兩騎耳。乃謂其騎曰：「何如？」騎皆伏曰：「如大王言。」

於是項王乃欲東渡烏江[27]。烏江亭長[28]檥[29]船待，謂項王曰：「江東雖小，地方千里，衆數十萬人，亦足王也。願大王急渡。今獨臣有船，漢軍至，無以渡。」項王笑曰：「天之亡我，我何渡爲！且籍與江東子弟八千人渡江而西，今無一人還，縱江東父兄憐而王我，我何面目見之？縱彼不言，籍獨不愧於心乎？」乃謂亭長曰：「吾知公長者。吾騎此馬五歲。所當無敵，嘗一日行千里，不忍殺之，以賜公。」乃令騎皆下馬步行，持短兵接戰。獨籍所殺漢軍數百人，項王身亦被十餘創。顧見漢騎司馬呂馬童，曰：「若[30]非吾故人乎？」馬童面之，指王翳[31]曰：「此項王也。」項王乃曰：「吾聞漢購[32]我頭千金，邑萬户，吾爲若德[33]。」乃自刎而死。王翳取其頭，餘騎相蹂踐爭項王，相殺者數十人。最其後，郎中騎楊喜，騎司馬呂馬童，郎中呂勝、楊武各得其一體[34]。五人共會其體，皆是。故分其地爲五[35]：封呂馬童爲中水侯，封王翳爲杜衍侯，封楊喜爲赤泉侯，封楊武爲吳防侯，封呂勝爲涅陽侯。

太史公曰[36]：吾聞之周生曰：「舜目蓋重瞳子[37]。」又聞項羽亦重瞳子。羽豈其苗裔[38]邪？何興之暴也！夫秦失其政，陳涉首難，豪傑蜂起[39]，相與并爭，不可勝數。然羽非有尺寸[40]，乘勢起隴畝[41]之中，三年，遂將五諸侯[42]滅秦，分裂天下，而封王侯，政由羽出，號爲「霸王」，位雖不終，近古以來未嘗有也。及羽背關懷楚[43]，放逐義帝而自立，怨王侯叛己，難矣。自矜功伐[44]，奮其私智而不師古，謂霸王之業，欲以力征[45]經營天下，五年卒亡其國，身死東城，尚不覺寤[46]，而不自責，過矣！乃[47]引「天亡我，非用兵之罪也！」豈不謬哉！

註釋

❶ 垓下：在今安徽省靈壁縣東南。垓音ㄍㄞ。

❷ 楚歌：楚人的歌曲。項羽率領的楚軍被漢軍層層包圍，夜間聽到四面的漢軍傳來楚歌聲，以為漢軍已占領楚地。今用「四面楚歌」一詞比喻所處環境艱難困頓，危急無援。

❸ 幸從：因寵幸而侍從。

❹ 騅：毛色蒼白相雜的馬。騅音ㄓㄨㄟ。

❺ 悲歌忼慨：意志激昂的放聲高歌，以抒發悲壯的胸懷。忼慨，同「慷慨」。

❻ 兮：語助詞，用於句中或句末，相當於「啊」。

❼ 蓋世：壓倒世上，意謂世上沒有人可以和他相比，才能、成就高出當代之上。

❽ 逝：行進、奔馳。

❾ 奈若何：意謂要如何來安置你。奈何，如何；怎麼辦。若，你。

❿ 歌數闋：唱了幾遍。闋音ㄑㄩㄝˋ，量詞，計算歌、詞、曲的單位。

⓫ 和：音ㄏㄜˋ，跟著唱。

⓬ 麾下：本指旗下，借指將帥的部屬。麾音ㄏㄨㄟ。

⓭ 直夜：當天夜裡。

⓮ 平明：天剛亮的時候。

⓯ 屬：跟從、追隨。

⓰ 陰陵：縣名。在今安徽省定遠縣西北。

⓱ 田父：農夫。

⓲ 紿：音ㄉㄞˋ，欺騙。

⓳ 度：音ㄉㄨㄛˋ，估計、猜測。

⓴ 快戰：痛快地一戰。

㉑ 刈旗：砍下敵軍的大旗。刈音一ˋ。

㉒ 四嚮：向著四面。指四隊騎兵，背都向內，分頭向四面衝去。

㉓ 期山東為三處：約定突圍後到山的東面，分三處集合。期，約定。

㉔ 披靡：本指草木隨風散亂傾倒的樣子，引申為潰敗逃散。

㉕ 赤泉侯：即楊喜，時為劉邦手下的郎中騎將，後以殺項羽有功封赤泉侯。

㉖ 辟易：退避。

㉗ 烏江：即今安徽省和縣東北四十里長江岸的烏江浦。

㉘ 亭長：亭是秦漢時地方的治安機構，十里設一長，

設亭長一人，掌捕劾盜賊。

㉙檥：同「艤」，停船靠岸。

㉚若：你。

㉛指王翳：把項羽指給王翳看。

㉜購：猶言懸賞。

㉝吾為若德：猶言「我送個好處給你」。德，恩德、好處。

㉞一體：一肢，身體的一部分。

㉟分其地為五：把原定封賜的萬戶之地分成五份。

㊱太史公曰：太史公，作者自稱。曰，對歷史人物與事件的評斷。司馬遷在每篇人物傳記的結尾，都以「太史公曰」開頭，對人物或事件作價值判斷，讓讀者對對所敘述的人物知所取法，是歷史家用心之所在，更是他襟懷、器識的寄託。

㊲重瞳子：一個眼珠裡有兩個瞳孔。

㊳苗裔：後代子孫。

㊴蜂起：形容像蜜蜂成群而起，極言其多。

㊵非有尺寸：沒有尺寸之地。尺寸，比喻少許、微薄。

㊶隴畝：田畝。引申指民間。

㊷五諸侯：指齊、趙、韓、魏、燕五國的諸侯軍。

㊸背關懷楚：放棄關中形勝之地，懷念楚國，東歸建都彭城。

㊹自矜功伐：自己誇耀功勞。矜，誇耀。功伐，功勞。

㊺力征：以武力征伐。

㊻寤：通「悟」。

㊼乃：竟然。

賞析

項羽（名籍）年少時，「學書不成，去。學劍，又不成。項梁怒之。籍曰：『書足以記名姓而已，劍一人敵，不足學，學萬人敵。』於是項梁乃教籍兵法。籍大喜，略知其意，又不肯竟學。」（《史記．項羽本紀》）項羽缺乏耐心、不好學習、漠視文化知識的特質於此可見。然而在鉅鹿之戰中，採用破釜沉舟之計，大敗秦軍，威震天下，憑藉「力能扛鼎，才氣過人」的武勇與異稟，迅速崛起，成為天下最耀眼的英雄。鴻門宴上輕放劉邦的項羽，恐怕沒料到後來被他封為漢王的劉邦會將他困在垓下，陷入絕境。

垓下之困的首章迴蕩著悲愴的旋律。由漢營傳來的四面楚歌聲瓦解了楚軍的鬥志，身陷絕境的項羽慷慨悲歌，唱出造化弄人的無可奈何，唱出無力保護心愛女子的悲哀。在歌泣言笑之中，渲染悲涼的氛圍，表現英雄末路的真情與無奈。

不願坐困垓下，風馳電掣、神出鬼沒的突圍，顯現項羽在戰場上驍勇過人。然而僅憑武力難成大業，陰陵迷道揭示這位末路英雄喪失民心。當年在新安城南坑殺二十餘萬秦降卒；入秦後，「殺秦降王子嬰，燒秦宮室，火三月不滅，收其貨寶婦女東歸」，昔日種下的禍根，影響民心，成為項羽敗亡的主因之一。

緊接著的東城快戰，猶如項羽的告別秀，對著忠心耿耿的二十八騎道出「天之亡我，非戰之罪」，並在漢軍重重包圍下演出潰圍、刈旗、斬將，證明他的失敗確實是「天之亡我」。此段作者運用諸多細節描寫，逐層鋪寫項羽的威猛神勇：四嚮突圍，三處會合的靈活戰術；「大呼馳下，漢軍皆披靡」的戰力；瞋目叱之，使敵將「人馬俱驚，辟易數里」的氣勢；成功地形塑項羽的勇武善戰，才氣過人。漂亮的贏得「三勝」後，還得意地問忠心部屬「何如？」這場目眩神迷的演出，充分展現項羽恃勇自負的形象；一而再，再而三地強調「天之亡我」，顯示敗得不服氣、不甘心。怨天而不自省，為其無法超越自我的盲點。

到了烏江，脫困的機會來了。烏江亭長的勸渡，非但沒有讓項羽燃起捲土重來的希望，反而召喚其內心的羞慚、愧疚。由欲渡烏江到拒渡烏江，意念瞬間反轉，因為對不起江東父老，無顏歸去，知恥拒渡，勇敢面對自己的失敗。其後的深情贈馬、瀟灑贈頭、烏江自刎，司馬遷將項羽慷慨悲壯的勇者形象留予人間，令人懷想不已。

篇末的太史公論贊是作者對項羽一生的評價。司馬遷超越世俗的成敗觀，先敘明將項羽列入本紀的原因；評論其一生功過，先舉其功，後責其過，不溢美，不隱惡。項羽的性格行事與一生功業成敗的關聯，值得後人深思。

項羽二十四歲登上歷史舞臺，三歲亡秦，號令天下，成為威震諸侯的霸王。他以狂飆之勢崛起，也如彗星般殞落，三十二歲自刎烏江，結束耀眼而短暫的一生。方瑜在〈項羽——超級巨星〉一文云：「就歷史成敗而論，項羽失了江山、帝位，但就人格的完成而言，項羽卻成了悲劇英雄的典範。」面對現實人生，沒有人喜歡悲劇，在為悲劇英雄惋惜之餘，更應深思「思想決定行為，行為決定習慣，習慣決定性格，性格決定命運。」從歷史人物的失敗中吸納人生智慧，鑑往知來，砥礪自我，才能掌握「讀史使人明智」的意義。

問題與思考

一、試就〈項羽本紀〉垓下之困到烏江自刎一段，說明司馬遷所建構的項羽形象。

二、項王兵敗時，再三言「天之亡我，非戰之罪」，他何以這麼說？又以什麼行動印證這段話？你對他的說法與作為有何看法？

三、項羽未登帝位，司馬遷為什麼把他列入「本紀」？司馬遷如何評論項羽的功過得失？

四、請參考〈史記．高祖本紀〉，探討項羽、劉邦二人的性格行事，與其興亡成敗的關聯。這兩位比較起來，誰才是你心目中的英雄？為什麼？你認為真正的英雄應該具有什麼特質？

五、項羽選擇自刎於烏江的理由何在？唐代杜牧〈題烏江亭〉詩云：「勝敗兵家不可期，包羞忍辱是男兒。江東子弟多才俊，捲土重來未可知。」而宋代王安石〈烏江亭〉詩云：「百戰疲勞壯士哀，中原一敗勢難回。江東子弟今雖在，肯與君王捲土來？」這兩首詩對項羽烏江自刎看法有何不同？何者較合情合理？請詳細說明你的看法。

延伸閱讀

一、司馬遷，《史記・高祖本紀》。
二、杜牧，〈題烏江亭〉。
三、王安石，〈烏江亭〉。
四、李清照，〈夏日絕句〉。
五、方瑜，〈項羽——超級巨星〉，收錄於方瑜《回首》，臺北：遠景出版社，1985。
六、賴漢屏，《史記評賞》，臺北：三民書局，1998。
七、林聰舜，《史記的人物世界》，臺北：三民書局，2003。
八、周先民，《司馬遷的史傳文學世界》，臺北：文津出版社，1995。

魏美玲教授撰述

聽受慈訓的巡撫

《益陽縣志》

導讀

本篇文章選自《益陽縣志》，文章敘述的主要人物，是清代討伐太平軍的名將胡林翼。根據《清史稿．胡林翼傳》的記載，胡林翼，字潤之，是湖南益陽人，他治理軍隊紀律嚴明，親手制訂營中的規矩，曾經說：「兵之嚚者無不罷（通「疲」），將之貪者無不怯，觀將知兵，觀兵知將。」但他也能夠推心置腹，誠懇待人，依照將士的不同資質，以不同方式去造就人才。他對文官的管理，也同樣明察秋毫，要求嚴謹；但官員如有表現優良的，他就親自撰寫文章，給予讚美和褒揚，所以無論是文官或武將，大家都樂意為他做事。

胡林翼為什麼會這樣得到人心呢？主要是他秉持這樣的理念：「國之需才，猶魚之需水、鳥之需林、人之需氣、草木之需土，得之則生，不得則死，才者無求於天下，天下當自求之。」因此，他非常重視人才，不但自己能夠禮賢下士，更能向朝廷積極推薦人才，而他所推舉的人才，也確實都是一時之選，連曾國藩都稱讚他薦賢滿天下。

本篇文章所敘述的這位人才，只是一名循吏；然而胡林翼從初逢乍見的極度嫌惡，再經慈母誨教的給予包容，以至於實際稽查的由衷欣賞，可說是趣味橫生，讓人拍案叫絕，孔子說：「君子有三變：望之儼然，即之也溫，聽其言也厲（同「勵」）。」對胡林翼來說，這位縣令可真讓他見識到人才的不同風骨了。

文本

胡林翼撫鄂[1]，一新需次[2]縣令進謁，年約五十許，時方盛夏，令搖扇不止，胡心弗喜也，語之曰：「可脫帽！」令如之，仍搖其扇，胡慍謂：「可再卸上衣！」令又如之，胡怫然[3]返內堂，令始知獲咎，倉皇袒裼[4]而出。

湯太夫人見其有慍色，問故，具以實告，曰：「此眞辱沒衣冠[5]，安能膺民社任[6]？」太夫人曰：「不然！此乃讀書人本色，特不知官場儀注[7]耳。奈何以一扇棄士？且汝爲上司，屬吏有過，當正言諭之，今出之以播弄[8]，是汝亦有過矣！」

林翼悟，明日再傳諭入見，則已不復持扇，氣度安閒，亦無澀縮態矣！詢知爲舉人大挑[9]班，問：「何爲而服官？」答曰：「想賺三千銀耳！」胡雖不懌[10]，而膺服母訓，隱忍未發，再問：「賺三千銀又何爲？」曰：「卑職家貧，力不能讀書，胥賴祠堂津貼、族戚資助，幸而中一榜，獲一官，欲得一千金捐入祠堂、一千金分贈族黨，餘則養妻子也。」胡頷之。

已而委署某縣，在任年餘，無一上控案、無一未結獄、無一欠完糧，胡曰：「此所謂安靜之吏，悃樸無華[11]也。微[12]母訓，吾幾失一好官矣！」

亡何⓭，令具稟求謁，許之，令攜印至，胡笑問：「三千銀已到手否？」曰：「託大帥洪福，尚餘三百金，謹與印具呈，卑職自是歸矣！」遽袖出銀並印置几上，長揖而去。

昔人集蘭亭序字作楹帖，有極自然成格者，如「知足是人生一樂，無爲得天地自然。」此令可謂得之，故曾國藩曾書聯贈胡曰：「舍己從人大賢之量，推心置腹群彥⓮所歸。」信不誣⓯也。

註釋

❶撫鄂：擔任湖北省的巡撫（省長）。鄂，為「湖北省」的簡稱。
❷需次：授職以後，按照資歷依次序遞補缺額。
❸怫然：生氣的樣子。
❹褐：音ㄏㄜˊ，貧賤者所穿著的粗布衣。
❺辱沒衣冠：污辱了文明禮教。
❻膺民社任：擔任治理人民的地方官職務。
❼儀注：禮儀節度。
❽播弄：戲弄。
❾大挑：清乾隆以後，為了給舉人出身者較寬的出路，訂定了一項六年舉辦一次的「大挑」，凡是三科以上會試沒中榜的舉人，都可前往參加，經過挑選（挑選的標準，多以形貌為重）後，名列一等的，可以知縣資格任用。
❿懌：音ㄧˋ，高興。
⓫悃樸無華：誠懇樸實而不浮華。悃，音ㄎㄨㄣˇ。
⓬微：沒有。
⓭亡何：不久。亡，音ㄨˊ，解釋為「沒有」。
⓮彥：賢才。
⓯誣：誇張的言論。

賞析

古來君王統御天下，都希望天下人才都能盡入彀中，讓我的賢相能夠因任授官，循名責實，而自己啥事都不用做，就可以坐享「垂拱而治」的美好名聲；然而天下人才未必全屬追名逐利的市儈之徒，所以孔子雖然說：「儒有席上之珍以待聘」，卻也同時標舉出儒者是「難進而易退」的。

為什麼儒者會「難進而易退」呢？因為士君子的出任為官，不為貪求世上的名利，而是為了實現經世濟民、兼善天下的理想，因此，他憂以天下、樂以天下，能夠素富貴、素貧賤，也能夠素夷狄、素患難，是以有心網羅天下人才的帝王將相，對於人才總是特別禮遇，像劉備對諸葛亮的三顧茅廬、像曹操對關雲長的「三日一小宴，五日一大宴」，其目的就為了求得人才的「鞠躬盡瘁」與「天下歸心」罷了！

胡林翼身為巡撫，見慣了官場人物的揖讓進退，習聽於政治語言的優雅修辭，爾今，突然冒出一位戲問直答，處事率真的縣令，令他好不舒服、好覺礙眼，他痛恨縣令辱沒了儒者衣冠，不配擔任縣令的職務；可是胡林翼很幸運，他擁有一位腦筋清楚，通情達理的好母親，他的母親教他沉澱激情，學習包容，胡林翼聽受了慈訓，大度接納縣令的率直，為百姓留用了悃樸無華，能讓人民安居樂業的父母官。

為賺三千銀而出來為官的縣令，果真在達成目標以後隨即翩然離去，從他的作為來看，這位縣令跟傳統儒士不同，他沒有「澄清天下」的高遠抱負，他僅想賺得一筆費用，能夠回饋祠堂、回饋族黨，以及和家人過度衣食溫飽的生活而已，所以，他稱不上英雄豪傑、稱不上聖賢哲人，他只是一名平凡的書生罷了，可是這位書生有為有守，他悠然而來，飄然而去，既不迷戀於縣令的權位，也不貪得那多出的三百金，他在「君子愛財，取之有道。」以後，旋即回歸家庭，甘願和妻子共享天倫之樂，廉介如是，瀟灑如是，真讓那「悔教夫婿覓封侯」的深閨怨婦欣羨、真讓那忙於治水卻三過其門而不入的大禹愧歎，因為「公而忘私」固然值得景仰，若能同時兼顧家庭的幸福，也是人生的一大盼望啊！

問題與思考

一、《大學》說：「家齊而後國治」，你認為這個說法可以接受嗎？

二、你能另外舉出兩個慈母誨教兒女的實例嗎？

三、從古以來，讀書人為何深受世人的尊仰與期盼？

四、看到孩子沒把學識用到正途，閩南的長輩常會說：「讀冊讀去肩膀上」，這是什麼意思呢？

五、讀書能讓人脱貧、脱困與脱俗，你能舉例説明嗎？（如果以文中的書生為實例，他是脱貧？脱困？脱俗呢？還是做到了兩項？或三項都做到了？）

延伸閱讀

一、趙爾巽、柯劭忞等，《清史稿》，臺北，鼎文書局。

二、徐珂，《清稗類鈔》，臺北，臺灣商務印書館。

三、王直，《抑菴文集．慈訓堂記》，臺北，臺灣商務印書館。

四、顏之推，《顏氏家訓》，臺北，臺灣中華書局。

五、陳文榮，〈出遠門的行李袋〉，81.5.9.臺北，中國時報。
六、宵遙，〈生命是用來享受微笑的〉，臺北，89.12.26.中國時報。

葉論啓教授撰述

參、聽見心靈情感悸動的聲音

給我的孩子們

滅燭・憐光滿

攀登西藏的天梯

家有香椿樹

給我的孩子們

豐子愷

導讀

此文為作家豐子愷為其子女留下童年歲月之雪泥鴻爪。

豐子愷（西元一八九八～一九七五），浙江崇德縣人，於十七歲時，考入浙江省立第一師範學校，跟隨李叔同學習音樂和美術、也向夏丏尊請益寫作。二十三歲時到日本深造繪畫，受漫畫家竹久夢二影響甚深。回國後歷任復旦大學、浙江大學等校教授，並任開明書店編輯，此外，也從事日本文學翻譯工作。著作有《緣緣堂隨筆》等數十種，於繪畫、文學、書法、音樂、藝術理論、翻譯等各方面都有豐碩成就。

豐子愷性格溫文沖淡，加之篤信佛教，呈現於筆端，無論是散文或繪畫，總是在親切之中，多了份敬天憫人的溫暖元素。也因擁有濃厚的赤子之心，豐子愷喜以兒童為創作主題，將兒童真實的生活和質樸情感歡喜道來，於此純淨的天地裡，發現生命的美與希望。此外，他也為兒童寫童話、畫漫畫，也將自己在音樂、美術方面的知識，寫成通俗易懂的小故事或隨筆，以豐沛兒童或青少年的精神素養。

在〈兒女〉這篇文章裡，他說：「近來我的心為四事所占據了：天上的神明星辰，人間的藝術與兒童。這小燕子似的一群兒女，是在人世間與我因緣最深的兒童，他們在我心中占有與神明、星辰、藝術同等的地位。」

神明、星辰、藝術及兒童，織錦成豐子愷的詩意人生，尤其是環繞在他身旁的小兒女，豐子愷讚歎他們的天真純潔，也驚喜於他們強大的創作力與想像力，這位心地柔軟的父親，以「小燕子」來形容兒女，對於心縈於世務，身陷於塵網，忘了感動的滋味，不再容易快樂的大人們而言，見到小燕子自在的呢呢喃喃，自由的翱翔於天地間的身影，應該也會十分嚮往吧！

文本

我的孩子們！我憧憬於你們的生活，每天不止一次！我想委曲地說出來，使你們自己曉得。可惜到你們懂得我的話的意思的時候，你們將不復是可以使我憧憬的人了。這是何等可悲哀的事啊！

瞻瞻！你尤其可佩服。你是身心全部公開的眞人。你甚麼事體都像拚命地用全副精力去對付。小小的失意，像花生米翻落地了，自己嚼了舌頭了，小貓不肯吃糕了，你都要哭得嘴唇翻白，昏去一兩分鐘。外婆普陀❶去燒香買回來給你的泥人，你何等鞠躬盡瘁❷地抱他，喂他；有一天你自己失手把他打破了，你的號哭的悲哀，比大人們的破產、失戀、brokenheart❸，喪考妣❹、全軍覆沒的悲哀都要眞切。兩把芭蕉扇做的腳踏車，麻雀牌堆成的火車、汽車，你何等認眞地看待，挺直了嗓子叫「汪——，」「咕咕咕……」，來代替汽油。寶姊姊講故事給你聽，說到「月亮姊姊掛下一隻籃來，寶姊姊坐在籃裏吊了上去，瞻瞻在下面看」的時候，你何等激昂地同她爭，說「瞻瞻要上去，寶姊姊在下面看！」甚至哭到漫姑面前去求審判。

我每次剃了頭，你眞心地疑我變了和尚，好幾時不要我抱。最是今年夏天，你坐在我膝上發見了我腋下的長毛，當作黃鼠狼的時候，你何等傷心，你立刻從我身上爬下去，起初眼瞪瞪地對我端相，繼而大失所望地號哭，看看，哭哭，如同對被判定了死罪的親友一樣。

你要我抱你到車站裏去，多多益善地要買香蕉，滿滿地擒了兩手回來，回到門口時你已經熟睡在我的肩上，手裏的香蕉不知落在哪里去了。這是何等可佩服的眞率、自然與熱情！大人間的所謂「沉默」、「含蓄」、「深刻」的美德，比起你來，全是不自然的、病的、僞的！

你們每天做火車、做汽車、辦酒、請菩薩、堆六面畫，唱歌、全是自動的，創造創作的生活。大人們的呼號「歸自然！」「生活的藝術化！」「勞動的藝術化」在你們面前眞是出醜得很了！依樣畫幾筆劃，寫幾篇文的人稱爲藝術家、創作家，對你們更要愧死！

你們的創作力，比大人眞是強盛得多哩：瞻瞻！你的身體不及椅子的一半，卻常常要搬動它，與它一同翻倒在地上；你又要把一杯茶橫轉來藏在抽斗裏，要皮球停在壁上，要拉住火車的尾巴，要月亮出來，要天停止下雨。在這等小小的事件中，明明表示著你們的弱小的體力與智力不足以應付強盛的創作欲、表現欲的驅使，因而遭逢失敗。然而你們是不受大自然的支配，不受人類社會的束縛的創造者，所以你的遭逢失敗，例如火車尾巴拉不住，月亮呼不出來的時候，你們決不承認是事實的不可能，總以爲是爹爹媽媽不肯幫你們辦到，同不許你們弄自鳴鐘同例，所以憤憤地哭了，你們的世界何等廣大！

你們一定想：終天無聊地伏在案上弄筆的爸爸，終天悶悶地坐在窗下弄引線的媽媽，是何等無氣性的奇怪的動物！你們所視爲奇怪動物的我與你們的母親，有時確實難爲了你們，摧殘了你們，回想起來，眞是不安心得很！

阿寶！有一晚你拿軟軟的新鞋子，和自己腳上脫下來的鞋子，給凳子的腳穿了，剷❺襪立在地上，得意地叫「阿寶兩隻腳，凳子四隻腳」的時候，你母親喊著「齷齪了襪子！」立刻擒你到藤榻上，動手毀壞你的創作。當你蹲在榻上注視你母親動手毀壞的時候，你的小心裏一定感到「母親這種人，何等殺風景而野蠻」罷！

瞻瞻！有一天開明書店送了幾冊新出版的毛邊的《音樂入門》來。我用小刀把書頁一張一張地裁開來，你側著頭，站在桌邊默默地看。後來我從學校回來，你已經在我的書架上拿了一本連史紙[6]印的中國裝的《楚辭》，把它裁破了十幾頁，得意地對我說：「爸爸！瞻瞻也會裁了！」瞻瞻！這在你原是何等成功的歡喜，何等得意的作品！卻被我一個驚駭的「哼！」字喊得你哭了。那時候你也一定抱怨「爸爸何等不明」罷！

軟軟！你常常要弄我的長鋒羊毫，我看見了總是無情地奪脫你。現在你一定輕視我，想道：「你終於要我畫你的畫集的封面！」

最不安心的，是有時我還要拉一個你們所最怕的陸露沙醫生來，教他用他的大手來摸你們的肚子，甚至用刀來在你們臂上割幾下，還要教媽媽和漫姑擒住了你們的手腳，捏住了你們的鼻子，把很苦的水灌到你們的嘴裏去。這在你們一定認爲是太無人道的野蠻舉動罷！

孩子們！你們果眞抱怨我，我倒歡喜；到你們的抱怨變爲感激的時候，我的悲哀來了！

我在世間，永沒有逢到像你們這樣出肺肝相示的人。世間的人群結合，永沒有像你們樣的徹底地眞實而純潔。最是我到上海去幹了無聊的所謂「事」回來，或者去同不相干的人們做了叫做「上課」的一種把戲回來，你們在門口或車站旁等我的時候，我心中何等慚愧又歡喜！慚愧我爲甚麼去做這等無聊的事，歡喜我又得暫時放懷一切地加入你們的眞生活的團體。

但是，你們的黃金時代有限，現實終於要暴露的。這是我經驗過來的情形，也是大人們誰也經驗過的情形。我眼看見兒時的伴侶中的英雄、好漢，一個個退縮、順從、妥協、屈服起來，到像綿羊的地步。我自己也是如此。「後之視今，亦猶今之視昔」，你們不久也要走這條路呢？

我的孩子們！憧憬於你們的生活的我，癡心要爲你們永遠挽留這黃金時代在這冊子裏。然這眞不過像「蜘蛛網落花」，略微保留一點春的痕跡而已。且到你們懂得我這片心情的時候，你們早已不是這樣的人，我的畫在世間已無可印證了！這是何等可悲哀的事啊！

註釋

❶普陀：山名。位於浙江省定海縣，乃中國佛教四大名山之一，相傳為觀世音示現說法的道場。
❷鞠躬盡瘁：指不辭辛勞。
❸brokenheart：心碎之意。
❹考妣：稱已過世的父母。
❺剷：音ㄔㄢˇ，只是之意。
❻連史紙：一種珍貴的書法用紙。原產於福建、江西二省。以嫩竹為原料而製成。色白，質細。多用於印製貴重的書籍、碑帖、信箋、扇面等。

賞析

豐子愷有許多作品以兒童為主題，其中有一部分描寫其兒女的童年趣事。七個兒女宛如七隻活潑機伶的乳燕，穿梭在豐子愷的生活周遭。他們既使豐子愷的人生元氣淋漓，也讓豐子愷的創作靈感豐沛不竭。四個女兒：陳寶、宛音、寧欣、一吟及三個兒子：華瞻、元草、新枚都在他的散文或漫畫中留下蹤影。在對孩子的疼愛與讚歎中，流露出最珍貴的天倫親情，也呈現出豐子愷飽滿的赤子情懷，可以說他也是一個懂得生活美學的藝術家。

豐子愷記錄孩子的童年點滴，文章裡孩子們的悲喜、渴望及執著是如此坦白剔透，如此的真誠純潔，我們見識到在孩童懵懂的心裡，竟蘊藏著莊子萬物齊一的哲理，於是貓兒應該像人一樣愛吃糕，誠心誠意的獻上美食卻不領情，莫怪乎熱情的孩子要傷心；為了打破的泥人號泣，就成人的理性思維觀之，孩子顯然分不清真假，但既經賦予生命，付出情感，泥人就可以變成有感的朋友或家人。他們打破了虛與實的界限，顛覆了有與無的框條，讓想像聯翩飛翔，想搭草籃上明月，要讓雨絲立即停，火車為什麼奔馳如此風快？它的尾巴連爸媽都追不上；椅子四隻腳，穿上兩個人的鞋子恰恰好……。對於被世俗拘囚或污染的世故成人而言，這是何等的清明境界。

文中提及，往往在結束了忙碌的工作後，這一群小燕子般的兒女，或在門口、或在車站等待父親歸來，此場景讓人想起陶淵明在《歸去來辭》詠嘆的「三徑就荒，松菊猶存，攜幼入室，有酒盈罇」的幸福滿足。「稚子候門」原來不論時代，亙古以來都是最醇美的感動。

此文使人追憶起生命中最純真、最幸福的年代，感受到人間的歡樂與美好，也不禁要感慨經過世俗的薰染，要找回到那份清明的心靈，道阻且長，需要何等的知覺與智慧呀！

問題與思考

一、你覺得成人的世界與兒童的世界有哪些差異性？

二、回顧兒時生活，你最喜歡玩什麼？有哪些歡樂有趣的事情？請詳述你的童年趣事。

三、豐子愷認為小孩子富有想像力與創造力，文中描述孩子用兩把芭蕉扇做腳踏車、給凳子穿鞋等具有創意的事，你小時候曾有哪些奇特的想法或創意表現？請敘述出來與大家分享。

延伸閱讀

一、林文寶編，《豐子愷童話集》，臺北：洪範書店，2006。

二、龍應台、安得烈著，《親愛的安得烈》，臺北：天下雜誌出版社，2007。

三、朱天心著，《學飛的盟盟》，臺北：印刻出版社，2003。

賴玲華教授撰述

滅燭・憐光滿

蔣勳

導讀

作者蔣勳，祖籍福建長樂，民國三十六年（西元一九四七）生於西安，三歲時移居臺北。中國文化大學史學系、藝術研究所畢業，後留學法國巴黎大學藝術研究所。曾任東海大學美術系系主任、《雄獅》美術月刊主編，現任《聯合文學》社長。

著有藝術論述《美的沉思》、《徐悲鴻》、《齊白石》、《破解米開朗基羅》、《天地有大美》、《美的覺醒》等；散文集《島嶼獨白》、《歡喜讚歎》、《今宵酒醒何處》、《大度・山》等；詩集《少年中國》、《母親》、《多情應笑我》、《祝福》、《眼前即是如畫的江山》、《來日方長》等；小說集《情不自禁》、《寫給Ly's M-1999》、《因為孤獨的緣故》、《秘密假期》等。

本文由唐代詩人張九齡〈望月懷遠〉詩裡的一個句子「滅燭憐光滿」興發，除了藉由個人生命的體悟詮釋詩意外，更闡發了「自然光」所塑造出的美感，讓習慣於現代照明所營造出的五光十色的人們，能重新體悟自然光的美妙。

文本

不知道爲什麼一直記得張九齡〈望月懷遠〉❶這首詩裡的一個句子——滅燭

憐光滿。

明月從海洋上升起，海面上都是明滉滉的月光。大片大片如雪片紛飛的月光，隨著浩瀚的水波流動晃漾。月光，如此浩瀚，如此繁華，如此飽滿，如此千變萬化，令人驚叫，令人嘖嘖讚歎。

詩人忽然像是了看到自己的一生，從生成到幻滅，從滿樹繁花，如錦如繡，到霎那間一片空寂，靜止如死。霎那霎那的光的閃爍變滅，剛剛看到，確定在那裡，卻一瞬間不見了，無影無蹤，如此眞實，消逝時，卻連夢過的痕跡也沒有，看不到，捉摸不到，無處追尋。

詩人的面前點燃著一支蠟燭，那一支燭光，暈黃溫暖，照亮室內空間一角，照亮詩人身體四周。

也許因爲月光的飽滿，詩人做了一個動作，起身吹滅了蠟燭的光。

燭光一滅，月光頃刻洶湧進來，像千絲萬縷的瀑布，像大海的波濤，像千山萬壑裡四散的雲嵐，澎湃而來，流洩在宇宙每一處空隙。

「啊——」詩人驚嘆了：「原來月光如此豐富飽滿——」

小時候讀唐詩，對「憐光滿」三個字最無法理解。「光」如何「滿」？詩人爲什麼要「憐」「光滿」？

最好的詩句，也許不是當下的理解，而是要在漫長的一生中去印證。「憐光滿」三個字，在長達三、四十年間，伴隨我走去了天涯海角。

二十五歲，從雅典航行向克里特島❷的船上，一夜無眠。躺在船舷尾舵的甲板上，看滿天繁星，辨認少數可以識別的星座。每一組星座由數顆或十數顆星子組成，在天空一起流轉移動。一點一點星光，有他們不可分離的緣分，數百億年組織成一個共同流轉的共同體。

愛琴海❸的波濤拍打著船舷，一波一波，像是一直佇立在岸邊海岬高處的父親「愛琴」（Agean），還在等待著遠航歸來的兒子。在巨大幻滅絕望之後，「愛琴」從高高的海岬跳下，葬身波濤。希臘人相信，整個海域的波濤的聲音，都是那憂傷致死的父親永世不絕的呢喃。那片海域，也因此就叫作愛琴海。

愛琴海波濤不斷，我在細數天上繁星。忽然船舷移轉，濤聲洶湧，一大片月光如水，傾洩而來，我忽然眼熱鼻酸，原來「光」最美的形容詠嘆竟然是「滿」這個字。

「憐」，是心事細微的震動，像水上粼粼波光。張九齡用「憐」，或許是因爲心事震動，忽然看到了生命的眞相，看到了光，也看到了自己吧。

一整個夜晚都是月光，航向克里特島的夜航，原來是爲了注解張九齡的一句詩。小時候讀過的一句詩，竟然一直儲存著，是美的庫存，可以在一生提領出來，享用不盡。

月光的死亡

二十世紀以後，高度工業化，人工過度的照明驅趕走了自然的光。

居住在城市裡，其實沒有太多機會感覺到月光，使用蠟燭的機會也不多，張九齡的「滅燭憐光滿」只是死去的五個字，呼應不起心中的震動。

燭光死去了，月光死去了，走在無所不侵入的白花花的日光燈照明之下，月光消失了，每一個月都有一次的月光的圓滿不再是人類的共同記憶了。

那麼，「中秋節」的意義是什麼？

一年最圓滿的一次月光的記憶還有存在的意義嗎？

漢字文化圈裡有「上元」、「中元」、「中秋」，都與月光的圓滿記憶有關。

「上元節」是燈節，是「元宵節」，是一年裡第一次月亮的圓滿。「中元節」是「盂蘭盆節」[4]，是「普渡」，是把人間一切圓滿的記憶分享於死去的眾生。在水流中放水燈，召喚漂泊的魂魄，與人間共度圓滿。

圓滿不止是人間記憶，也要佈施於鬼魂。

在日本京都嵐山[5]腳下的桂川，每年中元節，渡月橋下還有放水燈儀式。民眾在小木片上書寫亡故親友姓名，或只是書寫「一切眾生」、「生死眷屬」。點上一支小小燭火，木片如舟，帶著一點燭光放流在河水上，搖搖晃晃，漂漂浮浮，在寧靜空寂的桂川上如魂如魄。

那是我又一次感覺「滅燭憐光滿」的地方，兩岸沒有一點現代照明的燈光，只有遠遠河上點點燭火，漸行漸遠。

光的圓滿還可以這樣找回來嗎？

島嶼上的城市大量用現代虛假醜陋的誇張照明殺死自然光。殺死月光的圓滿幽微，殺死黎明破曉之光的絢麗蓬勃浩大，殺死黃昏夕暮之光的燦爛壯麗。

我們爲什麼要這麼多的現代照明？高高的無所不在的醜惡而刺眼的路燈，

使人喧囂浮躁，如同噪音使人發狂，島嶼的光害一樣使人心躁動浮淺。

「光」被誤讀為「光明」，以對立於道德上的「黑暗」。浮淺的二分法鼓勵用「光明」驅趕「黑暗」。一個城市，徹夜不息的過度照明，使樹木花草不能睡眠，使禽鳥昆蟲不能睡眠，改變了自然生態。

「黑暗」不見了，許多生命也隨著消失。

消失的不止是月光、星光，很具體的是我們童年無所不在的夜晚螢火也不見了。螢火蟲靠尾部螢光尋找伴侶，完成繁殖交配。童年記憶裡點點螢火忽明忽滅的美，其實是生命繁衍的華麗莊嚴。

因為光害，螢火蟲無法交配，「光明」驅趕了「黑暗」，卻使生命絕滅。

在北埔友達基金會痲布山房看到螢火蟲的復育，不用照明，不用手電筒，關掉手機上的閃光，螢火蟲來了，點點閃爍，如同天上星光，同去的朋友心裡有飽滿的喜悅，安詳寧靜，白日喧囂吵鬧的煩躁都不見了。

「滅燭憐光滿」，減低光度，拯救的其實不只是螢火蟲，不只是生態環境，更是那個在躁鬱邊緣越來越不快樂的自己吧。

莫內的「日出・印象」

歐洲傳統繪畫多是在室內畫畫，用人工的照明燭光或火炬營造光源。有電燈以後當然就使用燈光。

十九世紀中期有一些畫家感覺到自然光的瞬息萬變，不是室內人工照明的單調貧乏所能取代，因而倡導了戶外寫生，直接面對室外的自然光（en plein air）。

莫內[6]就是最初直接在戶外寫生的畫家，一生堅持在自然光下繪畫，尋找光的瞬間變化，記錄光的瞬間變化。

莫內觀察黎明日出，把畫架置放在河岸邊，等待日出破曉的一刻，等待日出的光在水波上霎那的閃爍。

日出是瞬間的光，即使目不轉睛，仍然看不完全光的每一剎那的變化。

莫內無法像傳統畫家用人工照明捕捉永恆不動的視覺畫面，他看到的是剎那瞬間不斷變化的光與色彩。

他用快速的筆觸抓住瞬間印象，他的畫取名「日出・印象」（L' impression, Le Soliel Levant），他畫的不是日出，而是一種「印象」。

這張畫一八七四年參加法國國家沙龍比賽，沒有評審會接受這樣的畫法，筆觸如此快速，輪廓這麼不清晰，色彩這麼不穩定，這張畫當然落選了。莫內跟友人舉辦了「落選展」，展出「日出・印象」，報導的媒體記者更看不懂這樣的畫法，便大篇幅撰文嘲諷莫內不會畫畫，只會畫「印象」。沒有想到，「印象」一辭卻成為劃時代的名稱，誕生了以光為追尋的「印象派」，誕生了一生以追逐光為職志的偉大畫派。

石梯坪的月光

石梯坪在東部海岸線上，花蓮縣南端，已經靠近台東縣界。海岸多岩塊礁石，礁石壁壘，如一層一層石梯，石梯寬闊處如坪，可以數十人列坐其上，俯仰看天看山看海。看大海壯闊，波濤洶湧而來，四周驚濤裂岸，澎轟聲如雷震。大風呼嘯，把激濺起的浪沫高揚在空中吹飛散成雲煙。

我有學生在石梯坪一帶海岸修建住宅，供喜愛東部自然的人移民定居，或經營民宿，使短期想遠離都會塵囂的遊客落腳。

我因此常去石梯坪，隨學生的學生輩紮營露宿，在成功港[7]買魚鮮，料理簡單餐食，大部分時間在石梯坪岩礁上躺臥坐睡，看大海風雲變幻，無所事事。

石梯坪面東，許多人早起觀日出，一輪紅日從海平面緩緩升起，像亙古以來初民的原始信仰。

夜晚在海邊等待月升的人相對不多，月亮升起也多不像黎明日出那樣浩大引人敬拜。

我們仍然無所事事，沒有等待，只是坐在石梯坪的岩礁上聊天，但是因爲浪濤聲澎轟，大風又常把出口語音吹散，一句話多聽不完全，講話也費力，逐漸就都沉寂了。

沒有人特別記得是月圓，當一輪渾圓明亮的滿月悄悄從海面升起，無聲無息，一抬頭看到的人都「啊——」的一聲，沒有說什麼，彷彿只是看到了，看到這麼圓滿的光，安靜而無遺憾。

初升的月光，在海面上像一條路，平坦筆直寬闊，使你相信可以踩踏上去一路走向那圓滿。

年輕的學生都記得那一個夜晚，沒有一點現代照明的干擾，可以安靜面對一輪皓月東升。我想跟他們說我讀過的那一句詩——滅燭憐光滿，但是，看到他們在宇宙浩瀚前如此安靜，看到他們與自己相處，眉眼肩頸間都是月光，靜定如佛，我想這時解讀詩句也只是多餘了。

註釋

❶望月懷遠：張九齡〈望月懷遠〉詩：「海上生明月，天涯共此時。情人怨遙夜，竟夕起相思。滅燭憐光滿，披衣覺露滋。不堪盈手贈，還寢夢佳期。」

❷克里特島：位於地中海北部，是希臘的第一大島，為歐洲古文明的發祥地之一。

❸愛琴海：海洋名。地中海的一部分，位於希臘半島與小亞細亞之間。其間大小島嶼棋布，為克里特和希臘早期文明的搖籃。

❹「中元節」是「盂蘭盆節」：「中元節」與「盂蘭盆節」皆為農曆七月十五日。「中元節」為道教說法，道教認為地官於此日降臨，定人間善惡，故道觀於此日作齋醮薦福。後演變為民間祭祖日，追薦祖先亡靈，並以祭祀菜餚、放河燈等儀式，普度孤魂野鬼。「盂蘭盆節」為佛教說法，「盂蘭盆」為梵語 Ullambana的音譯，意為倒懸，指餓鬼道衆生活於像被倒懸般的痛苦中。佛教徒因此在每年農曆七月十五日舉行齋僧、拜懺等活動，以超渡祖先及餓鬼道衆生的法會。

❺嵐山：日本京都府京都市的一個觀光勝地，以竹林、楓葉和櫻花知名。一九四九年嵐山開始燈籠放流活動，如今則成為盂蘭盆節送亡靈到極樂淨土的固定祭典。活動當天聚集附近寺廟的僧侶們主持法事，從嵐山渡月橋開始燈籠放流。

❻莫內：人名。（西元一八四〇～一九二六）法國印象派代表畫家。善於描繪田野、村落、海洋等自然景象。繪畫時注重光線的變化，印象派一詞是由他的畫作「日出·印象」而來。

❼成功港：位於台東縣成功鎮，附近海域因黑潮經過，帶來豐沛的魚量，使漁業蓬勃發展，為台灣東海岸最重要和最大的漁港。

賞析

大部分的人小時候都曾有背誦詩文的經驗，在一知半解的情形下，有些人也許會認為這些詩句和自己的生命沒有太多的連結，但這些曾經駐足在腦海中的句子，不僅能豐厚個人的文學素養，更有可能在某一機緣下，不知不覺的迸發出來，點亮了智慧的靈光，而因此潤澤了生命。〈滅燭．憐光滿〉這篇作品，就是作者對小時候無法理解的詩句——「憐光滿」的體悟過程。「憐光滿」這三個字，在經由作者生命不斷的領悟與體驗後，被賦與了更深的意義。

文章共分四個段落：第一段落首先以優美的文字詮釋了〈望月懷遠〉一詩中「滅燭憐光滿」的詩意，再以自己年輕時於愛琴海航船中觀賞星月的經歷，說出對這句詩的深刻體會——「原來『光』最美的形容詠嘆竟然是『滿』這個字。」「『憐』，是心事細微的震動，像水上粼粼波光。張九齡用『憐』，或許是因為心事震動，忽然看到了生命的真相，看到了光，也看到了自己吧。」第二段落以「月光的死亡」為主題，點出現代照明產生的光害，讓人對月光、星光、晨光、暮光、燭光、螢光等等，失去了美感的知覺。第三段落以畫家莫內畫作「日出．印象」為主題，說明自然光的精彩與多變，並不是室內人工照明的單調貧乏所能取代的。第四段落再以眾人在石梯坪觀賞滿月從海面升起的經歷，指出人「沒有一點現代照明的干擾，可以安靜面對一輪皓月東升。」再次具體的詮釋了「憐光滿」的深意。

全文筆觸如明月出海，壯闊而柔美，雖是散文，卻飽含詩意。內容融鑄詩歌、神話、繪畫、旅遊與生態於一爐，由古典而現代，由東方而西方，由文學而繪畫，感性中兼具知性，是一篇值得再三品味的散文。尤其作者對於光的深刻解讀與體悟，猶如醍醐灌頂，可讓讀者重燃起對光的美感知覺。

問題與思考

一、請說說你印象中最深刻的一句詩文，並分享你的體會。
二、請找出一句或一段有關光的詩句，並說說你的看法。
三、你自己對光有過何種體會或感受，請說出來與大家分享。

延伸閱讀

一、蔣勳，「文學蔣勳」，網址：http://www.xun.idv.tw/
二、蔣勳，《天地有大美：蔣勳和你談生活美學》，臺北：遠流出版社，2009。
三、蔣勳，《美的覺醒：蔣勳和你談眼、耳、鼻、舌、身》，臺北：遠流出版社，2006。
四、蔣勳，《感覺十書：蔣勳談美》，臺北：聯經出版社，2009。

呂瑞生教授撰述

攀登西藏的天梯

李黎

導讀

李黎〈攀登西藏的天梯〉一文記述前往西藏的旅行見聞，收錄於《加利福尼亞旅店》（西元二〇一〇年）一書，作者從搭乘青藏鐵路火車攀爬險峰開始旅程，感受到身體面臨高山症考驗的奇特經驗，以及被沿途匍地跪拜的朝聖者感動，最終到達布達拉宮聖殿的心情。作者不僅記遊，更從這趟天路之旅中演繹出萬物無常、萬法唯心造等佛教的哲理。

李黎（西元一九四八～），本名鮑利黎，另有筆名薛荔，籍貫安徽和縣，一九四八年出生於江蘇南京，一九四九年遷台後居高雄。台大歷史系畢業後，赴美就讀於印地安那州普度大學政治研究所，曾參與留學生保釣運動。現旅居美國，從事文學創作和翻譯，作品曾獲華航旅行文學獎、聯合報小說獎。創作包含小說與散文，作品包含：散文《大江流日夜》、《別後》、《悲懷書簡》、《天地一遊人》、《浮世書簡》、《世界的回聲》、《晴天筆記》、《尋找紅氣球》、《玫瑰蕾的名字》、《海枯石》、《威尼斯畫記》、《浮花飛絮張愛玲》、《加利福尼亞旅店》、《昨日之河》等。李黎的散文作品以旅行、親子與旅美生活為書寫主題，於抒情唯美中富含生命哲理。小說《最後夜車》、《天堂鳥花》、《傾城》、《浮世》、《袋鼠男人》以及《樂園不下雨》等作品。並曾譯作賀胥黎《美麗新世界》。

文本

那一夜，我在心跳般的震動韻律中醒來，在黑暗中傾聽自己的身體，以一種從未體驗過的方式。

北京到拉薩的火車，四千多公里的路走了整整兩天；四十八小時的車程，我以爲給自己身體足夠的適應時間了。怎知我錯了——錯估了大自然的威力。

都說到西藏最好不要乘飛機，應該坐車去，讓身體一路慢慢的適應那裡動輒三千、四千甚至五千公尺的高度。然而青藏公路的顛簸令我幾番猶疑，自小就對火車情有獨鍾，常想著如果能夠乘著火車去西藏，我寧可放棄另一個「宏願」——坐火車橫貫西伯利亞。終於，有一路通到拉薩的火車了：2006年七月一日起，青藏鐵路最後一段，從格爾木到拉薩通車了！讀到這則新聞時，腦海中已浮現一個超現實的圖像：那條漫長的、不斷朝向高原爬升的鐵路，正似一道攀向天空的樓梯。而我，就要去攀登那道天梯了。

車上的第二個夜晚，青藏高原雄偉的大山在外面，透過車窗隱隱向我壓過來，我終於知道了：雖然看不見摸不著，但我感覺得到：那無所不在的群山壓迫著我，因爲我是個膽大妄爲的旅人，竟然敢踏上他們。他們以靜默的威嚴向我逼視，以力道萬鈞的無言方式向我展現……

那個青藏高原深夜裡，我初次感覺到一種神秘的震；當火車在鐵道上行進，規律的震動像心跳，矇矓中我覺知速度在減，越來越緩，想來是在進行艱難的爬坡——不是坡，是陡峭的山，放緩速度爬山時，心跳變爲喘息；我在黑暗中躺著，數著自己的心跳，漸漸沉入半醒半睡的迷眛[1]狀態。

再一次從淺睡中醒來，夜半兩三點吧，掀開窗帘一角窺視，地平線以下是一片漆黑；但揉揉眼再細看又並非全然漆黑，遠處有極稀疏的燈火，還有移動的小光點，那是與我們火車線平行的青藏公路上的車燈——在這莽莽[2]天地間孤獨的夜行貨車。其上便是無盡的星空。天似乎很近，燦爛無比的繁星像瀑布般，一路灑落到地平線上來。

經過一個極小的站，來不及看站名，卻見一人挺立待車疾馳而過。想像這人每夜在這荒涼的高原上，深夜凌晨時分，酷暑或苦寒中，挺立著執行他車站長的任務。他，或是守燈塔的人，誰更寂寞呢？

幾小時前晚餐時，我對同行的友人說：火車進入高原了，我這就停止飲酒。同行的S還是在餐車裡小酌了啤酒。一向酒量極好、而且喝多少都面不改色的她，竟然頃刻間整個臉紅了起來。我注視那美麗的酡顏[3]像溶入液體般，在她臉上暈染擴散開來直到頸部，立即想到「高原紅」，但隨即我的聯想不再浪漫美麗，心頭竟生起一種恐懼：在高原上，你的身體不再是全然屬於你自己了；大自然的嚴厲規則不容你忽視，不論你在平地上是何等的健康自在。

那一刻，我忽然感到大自然的天道無親。而那時其實我還未有不適的反應。我只是瞥見了夜色中的高原而已。

星垂高原闊，天路之旅自此開始。

後來在西藏的那幾天，我的身體每一分鐘都在體會承受那無形但無處不在、強烈無比的威力——大自然的規律，無親的天道。

我們習慣於用五官：眼、耳、鼻、舌、身（皮膚）去感受這個世界。竟有一種感覺是超乎這五者之外的：無形、無聲、無嗅、無味、無觸感，但非常眞實，因爲你的整個身體感受得到，但形容不出……這份全新的經驗是震撼的，因爲太新、太強烈了，以致神秘。

「高原反應」。我總算親身體驗了。

步行、爬坡，對平日習於游泳和登山的我，當然算不了什麼；但在這動輒三四千公尺的高原上，我最多也只不過兩千多公尺的登山經驗變得毫不足道，方纔深深體會何謂「舉步維艱：一個小坡也令我跋涉得渾身乏力氣喘吁吁。每當遊覽車在一處山口停下，先別問海拔多少，只消下車走兩步試試——腳步是虛浮的，腿使不上勁，腳底沒有實在的感覺，像踩在什麼上面又什麼都沒踩穩……那就是了，一定很高了，高得踩到雲上了！同行的身強力壯的漢子，虛飄飄地顛躓❹著走路，臉上是茫然不解的表情；我知道他的困惑，我也因那神秘莫測的身體反應而困惑，甚且生出一份恐懼。

然後看到一塊大石，上刻海拔，果然：五一九〇米。

比起來，三六〇〇米的拉薩算是低的了。到達拉薩的次日，首先襲來的是像要爆裂的頭痛；同時四肢乏力，行動自然遲緩；夜裡睡不沉穩、頻頻醒來。然後開始鼻塞喉痛，不是感冒但感冒癥狀全出現了；接著來的是腸胃不適、胃口盡失，甚至腹瀉；連視力、聽力甚至記憶力都明顯減退，以致神思恍惚，人都變得遲鈍健忘了。

啊，還有我的耳膜，那些天常常像被一雙無形的手捂住❺，緊緊地，捂得密不透氣，周遭的聲音都像被隔開了，隔得遠遠的，身邊的人說話像從遠處傳來，不眞切了，好奇怪的感覺；這樣不知要持續多久，然後冷不防「波」的一聲，那捂著的手拿開了，周遭又靠近了。想到我的五臟六腑，是不是也時時刻刻這樣被擠壓著、放開一會，又再被擠壓……

這股力量，看不見、聽不到、嗅不著、嚐不到、觸摸不到，而天是那麼藍，雲那麼白，地那麼黃草那麼綠，一切看起來聽起來都很正常，無辜而美麗，但是我的身體，從肌膚到器官深處，從頂至踵，每一處每一個部分、每一次呼吸每一次心跳，都在告訴我：眞的，有一股你從未感知過的力量在壓迫我們，請相信，我們正在承受一種從未曾經驗過的壓力；是的，這確實難以相信，但我們知道這是實實在在的，我們分分秒秒鐘都在承受，都在忍受。

而我還是看不見，摸不著那股力量，幾乎要不相信自己的身體了，因爲我的心靈正在好奇而興奮地探索一場風景的饗宴：心靈等不及要在這高原上自在飛翔，享受心願實現時的肅穆與狂喜；而那沉重的、在苦難中喘息的身體，成爲拖累它的累贅。於是心靈渴望著自由，時時希冀與痛苦疲倦的肉體決裂。

我便是這時時鬧著決裂的二者無所適從的主人。一直到快離開西藏時，身體才開始逐漸適應，這些症狀逐漸減輕，我的身體可以與心靈一同享受這趟旅程了——可惜，我就要離開了。

如果你問我，在西藏見到的印象最深刻的是什麼？不，不是那樣近的藍天和白雲，雖然我真的從來不曾覺得天有那麼近；也不是高山，雖然那樣的高山讓我感到一種超自然的威力；不是宏偉的布達拉宮，也不是哪座寺廟宮殿或者聖湖……雖然他們全都以不同的風貌給我留下不同的難忘印象。

最震撼我的，是路上磕長頭的朝聖者。

在西藏的幾天，大部分時候都乘車在路上奔波，從一個地方去到另一個地方；西藏太大，想看不一樣的景觀，動輒就是幾百公里的路。在路上，不只一次看見他們。

通常多半是兩三人或三五個一群，想來是家人親屬吧；有一次遇見最大規模的有十來個人，便可能是一村子裡的了。朝聖者與一般行人或旅人不同，一眼就看出來：他們一路不斷磕等身長頭做大禮拜。每走三五步，便雙手合十高舉過頭，然後彎腰跪下，雙手覆地，隨即往前伸出，上身隨之貼地伸展，雙腿伸直全身匍匐[6]，以額觸地；然後起身，站直，朝前走幾步，再停下，重複這一套動作。同時口中喃喃誦經吟唱。

所以，朝聖者是用他的全身，自額頭，不，自極力伸向前方的指尖，至到足尖，以身體的每一寸丈量、覆蓋他的朝聖之路。

如此晝行夜歇，餐風露宿；可能是幾個月，也可能是幾年，才能到達目的地，端視他家住哪裡，離拉薩幾百或幾千公里，要翻越多少座多高的山。而每天這樣的磕長頭動作要重複多少次，我無法估計。

傳統藏族服裝夠暖和也適合蔽體，但日復一日這樣的磨損，任何布料都吃不消的，許多人前身繫一塊厚帆布圍裙，當然總有一天也會磨穿的，就不斷的打上補丁。他們雙手套著像手套般的護套，貼掌心的是木屐樣的釘鐵皮的木板，每當上身匍匐向前、雙掌也向前滑時，這雙「木屐」起了保護手掌的作用；否則成千上萬回的支撐身體趴下站起、同時在地上滑伸，不用幾天手掌就完了。我瞥見一位朝聖者的護掌「木屐」已經磨得很薄了。不知這一路，會磨盡多少雙？

隊伍前方不遠處總有一輛先行的補給車。車的大小視團隊人數多寡而定，小車就一個人推，或拉。這人多半是僱來的，沒有朝聖的任務，不必一路磕長頭。

車上蓋著帳篷布，看得出底下堆著柴禾，想必衣物乾糧茶水也一應俱全。

藏人游牧民族的傳統吃食很能適應遠行旅途，即使地裡幹活的農民還保留這樣的速簡吃法：一個羊皮囊袋裡盛著預先炒熟的青稞麵粉，要吃的時候注入打好的熱酥油茶，隔著皮袋搓揉一陣，就成了「糌粑❼」，有點像北方人沖的麵茶但乾稠得多，可以捏成一塊塊拈來吃。還有牛肉乾——風乾的犛牛肉。酥油茶是茶裡加奶油和鹽，喝慣了甜奶茶的我初喝鹹的口感有點奇特，但喝上兩口就習慣了，後來還覺得挺好喝的。這樣朝聖者們旅途上茶、奶、鹽、澱粉和肉類都俱全了。一路匍匐叩拜的體力消耗是驚人的，尤其在大自然這樣嚴酷的西藏高地上，基本營養必須保證。這裡的朝聖者眞是世上最辛苦的朝聖者。

對於沒有信仰的人，試著想像：若迫使你用經年累月的時間，不斷在崎嶇的山路上起伏跪拜，一定被認爲是殘酷無比的可怕刑罰吧。然而這些朝聖者自動自發，心甘情願，神色動作自然平和，好似在從事一樁日常生活裡的工作。

在拉薩的大昭寺，我看見寺門前風塵僕僕匍匐在地作大禮拜的人，心想他們終於到達了聖地，畢生的心願完成，內心的欣慰歡愉是難以估量的吧。但他們神情平靜，既無長途跋涉的極苦、也無接近天堂的極樂展現在他們的臉上；只有烈日風霜和歲月的刻痕，凌厲無情的，一道道力透肌膚。

在拉薩，幾乎從每一處地方都望得見布達拉宮。我曾看過不計其數的布達拉宮的照片，也想像過一步一步走上漫長曲折的石階，登上這座離天最近的宮殿……但我還是難以置信，竟然身在布達拉的腳下了。

站在布達拉宮前仰望，訪客與朝聖者一樣，都會立即感到自己的渺小。那巍峨高踞的宮牆睥睨❽著攀登者；略呈梯形、但不易覺察的下大上小的主建築設計，成功地造成視覺上的錯覺，讓仰望者份外感到高不可攀；發痠的脖子支撐著視線不斷上昇，上昇，最後斷定布達拉的頂已經觸到雲、接上天了。

參觀布達拉宮簡直像搭飛機——首先得提早幾天訂票，因爲每天遊客數目有限制，好像是一千兩百人吧（對藏人則無任何限制）；進宮要過三道關：在底層查證件驗明正身、通過金屬探測器，上到宮室門口再度驗明正身，同時登記進門的時間——進宮之後嚴格規定只能待一個小時。

幸好攀登等同十幾層樓房的梯階那一大段不算時間，才能容我緩緩地、一步一步的走上那些似乎永遠走不完的石階。雖然入藏已是第五天了，還是每走一陣就需要歇息喘氣，駐足仰望前方還有多遠多高，順便環顧周遭形形色色的遊人和香客；但最能鼓舞士氣的是迴望俯視眼下的拉薩城，以視覺感受自己攀爬的成就……。終於，竟然，就登上了世間海拔最高的宮殿。

進宮之後開始計時，在導遊催促之下，人人緊張地匆忙穿行過不計其數的殿堂、佛龕[9]和房間。殿堂和房間都不大，多半光線黯淡，酥油燈的煙霧繚繞，籠罩著金碧輝煌的佛像和法器。來自世界各地、膚色深淺不一的遊客們摩肩接踵[10]、行色匆匆；卻是蓬首垢面的香客，安穩從容地一座座神像拜過去，一間間聖殿磕過去——藏人是不限時間的。他們口中喃喃唸誦，在神龕前觸額膜拜頂禮，用手中緊攥[11]的一小袋酥油添上油燈；有的身上發出經年累月不曾洗滌的氣味，想必是來自遠方的虔誠的朝聖者。他們慷慨地把供奉放在、擲在、塞在、甚至用酥油黏在，每個佛像和神龕前面；連廊柱、門框、甚至門外的樹幹上，都有酥油黏上的錢幣，形成一片銀色的裝飾。

布達拉宮裡的樓梯都非常狹窄而陡峭，我們這些四肢健全的人，時不時也須用雙手扶持。卻見身後一位腿腳有殘疾的老婦，手拄拐杖，喘吁吁顫危危地上上下下，居然緊跟我們並不落後；我聽著她沉重的呼吸，轉頭瞥見她臉上恍惚得難以察覺的微笑……

在不甚明亮的酥油燈火閃爍裡，我注視身旁朝聖者被風霜沙礫銷磨的顏面。何等安詳平靜的喜悅。或許，極樂正應該是這樣的吧。

我們每個人以不同的方式朝聖，經由不同的途徑試圖通往極樂。這位殘疾的老婦，顯然走得比我快。

拉薩的夜晚，幾乎從城裡的每一處，都可以遠遠望見紅山頂上布達拉宮沐浴在泛光照明中，莊嚴壯麗的程度絲毫不遜在白天的陽光之下；且更因夜空的背景添加了一份神秘之美，彷彿山頂的一部分，與山已合而爲一了。我想起捷克布拉格皇宮的夜景，也是建在山頭的一座彷彿自行發光的城堡，巍峨明燦，美得不可思議。離開了將近半世紀的達賴喇嘛，若是目睹今日的拉薩，湧上他心頭的第一個意念會是什麼呢？

秋天夜晚的拉薩很涼了，我呼吸著稀薄的空氣，確定自己是踏在西藏的土地上，地是實在的，可是腳下的感覺卻是虛飄的——我這生長於平原上的身體，始終未能完全適應過來。天還是很高、卻似乎很近；星星亮極了，我終於抵達了心願地圖上最高的一處：攀登天梯，行走天路，我竟然身在西藏了——

「那一天，我閉目在經殿的香霧中，驀然聽見你頌經中的眞言；
那一月，我搖動所有的經筒，不爲超度，只爲觸摸你的指尖；
那一年，磕長頭匍匐在山路，不爲覲見[12]，只爲貼著你的溫暖；
那一世，轉山轉水轉佛塔，不爲修來世，只爲途中與你相見……」

反覆玩味六世達賴喇嘛[13]的這首詩，越發覺得其中更有深意：難道這只是寫給他的「瑪吉阿米」[14]的情詩嗎？此時此際，我似乎聽出詩裡超出俗世男女情愛之外、言語之外的眞意。

在聖殿大昭寺裡，我把三百多個經筒都轉遍了。指尖觸摸著那些鐫刻著神聖美麗符號的銅製經筒，此刻的我是遊客還是香客已無分際，更不重要了。每一個轉山[15]轉水攀登天梯、千里迢迢來到西藏的人，看見西方傳說中從地平線上消失的香格里拉[16]，活生生的生存在這裡，當會發現這裡並非他們心目中的世外仙境，而是與世間每一處無異的，時時在變化與流逝之中的地方。而變化與流逝，不正是見證佛家的「無常」說法嗎？

每一個梯階都是一個找尋的過程，攀登天梯也只是過程。而天，是只能接近，無所謂到達的。

註釋

❶迷昧：昧，糊塗。指睡夢中意識未完全清醒。

❷莽莽：形容天地遼闊一望無際的樣貌。

❸酡顏：酡，音ㄊㄨㄛˊ。形容酒後臉上泛紅貌。

❹顛躓：躓，音ㄓˋ。失足跌倒，比喻處境艱難不順。

❺捂住：捂，音ㄨˇ。遮擋。

❻匍匐：ㄆㄨˊ ㄈㄨˊ，以手足貼地向前爬行。

❼糌粑：ㄗㄢˊ ㄅㄚ，藏人主食，將青稞炒熟後磨碎，和酥油茶一起食用。

❽睥睨：斜著眼睛看人，表示傲然輕視或不服氣的意思。

❾佛龕：龕，音ㄎㄢ。供奉佛像的小空間。

❿摩肩接踵：指肩摩肩，腳碰腳。比喻人多擁擠不堪。

⓫攥：ㄗㄨㄢˋ，握住。

⓬覲見：覲，音ㄐㄧㄣˋ。覲見，原指諸侯朝見天子。在此意指對神聖者的拜見。

⓭六世達賴喇嘛為倉央嘉措，生於一六八三年，幼年時被選為五世達賴喇嘛的轉世靈童，生前不願擔任徒具虛名的政教領袖，常流連於八廓街的「瑪吉阿米」酒肆談情說愛。於一七〇六年被欽使前往北京的途中去世，年僅二十四歲，留下六十幾首詩作。

⓮「瑪吉阿米」：瑪吉在藏文裡為未染、純潔之意。阿米則指母親，藏人認為母親為美的化身。瑪吉阿米意指聖潔的母親、純潔少女。

⓯轉山：藏人以五體匐地的跪拜方式繞巡聖山，磨難肉體，捨棄私欲，以達洗滌罪惡及淨化心靈的儀式。

⓰香格里拉指稱人間的無染淨土，香格里拉之名起於一九三三年James Hilton所著《消失的地平線》，原指稱雲南省的中甸。

賞析

李黎將搭乘青藏鐵路火車到西藏的旅程比喻天路之旅，高山鐵路是一列攀登向天空的梯子，李黎記錄在火車上由黑夜到白晝所見景致。追尋的旅程從黑夜展開，作者在半醒半寐間感受到火車攀爬險峰的律動，隱約看見地平線遠方的車燈、繁星在闇黑裡閃耀。隨著攀升的高度作者體驗到超越有形感官所能感受的高山症，肉體被壓力時時刻刻的壓迫，舉步艱難的身軀成為負累，美景則在召喚心靈，心靈渴望自由飛翔的身心撕裂狀態。但這高山症對朝聖者身體的磨難不算什麼，一路上所見磕長頭的藏人朝聖者，以匍匐跪拜的方式對著靈性的山嶽反覆繞走，藉由對身體的磨難來洗滌心靈的罪惡，以完成轉山的畢生心願。每個旅人各自以不同的方式完成朝聖的旅程，藏人苦行的朝聖儀式成為作者旅行西藏最深刻的印記。

作者最後來到天路旅程的目的地拉薩布達拉宮——彷佛觸及天的聖殿，然而此處仍是凡俗之境，層層關卡的安全檢查與參訪時間的限制，遊客只能緊張匆忙的掠眼過無數宮殿，不知是否消磨了旅人對聖境的想像。一旁滿臉風霜的藏人轉山朝聖者，以平靜喜悅的心虔誠地供奉佛像，極樂的天堂也許映現在其心中。

西藏成為國際的旅遊熱門地點後，也面臨了現代化的洗禮與國際商業模式的進駐，旅店與餐館採用藏地風情的裝飾來吸引觀光客，國際化與商業化也改變了當地藏人原本的生活方式與思想觀念，讓抱持尋找人間淨土的遊客感到些許失落。李黎跳脫出對純粹淨土的期待迷思，以佛家萬物無常，轉瞬生滅的概念，來看待聖地的世俗化過程。

作者在迢迢奔赴聖地的天路旅程中，勘破對到達極樂之境的終點想像，而珍惜追尋過程的點滴片段，這趟旅程誠如作者文末所言：「每一個梯階都是一個找尋的過程，攀登天梯也只是過程。而天，是只能接近，無所謂到達的。」天路旅程的追尋其實在每個旅人的心中，每個人各自以不同的方式接近天堂。

問題與思考

一、西藏為佛教的聖地，李黎在前往聖地的旅記中，演繹哪些佛教的哲理？

二、閱讀比較其他作家所寫的西藏遊記，如：謝旺霖《轉山》、邱常梵《聽見西藏》等，比較其記述內容的差異。

三、蔣勳：「真正的旅行，是生命價值的印證，真正的旅行文學也一定是生命經驗的提高與擴大。」，試著寫下自己在旅行途中與內在生命的對話。

延伸閱讀

一、李黎，《悲懷書簡》，臺北：爾雅出版社，1990。

二、李黎，《加利福尼亞旅店》，臺北：印刻出版社，2010。

三、李黎，《昨日之河》，臺北：印刻出版社，2011。

四、李黎中時部落格，網址：http://blog.chinatimes.com/lilily

五、謝旺霖，《轉山—邊境流浪者》，臺北：遠流出版社，2008。

六、邱常梵，《聽見西藏》，臺北：法鼓文化出版，2006。

林韻文教授撰述

家有香椿樹

林清玄

導讀

林清玄，臺灣高雄人，一九五三年生。世界新聞專科學校（今世新大學）電影技術科畢業。曾任《中國時報》記者、《時報雜誌》主編、《中國時報》主編、華視副理、《新象藝訊》總編輯、《新聞人週報》總主筆、創辦《電影學報》。

曾獲：中國時報散文首獎、中央日報文學獎首獎、中華日報散文首獎、聯合報散文首獎、金鼎獎、中山文藝獎、國家文藝獎、吳三連文藝獎、中華文化薪傳獎、傑出孝子獎等。

著有《菩薩寶偈》、《禪心大地》、《身心安頓》、《在蒼茫中點燈》、《心的絲路》、《茶味禪心》、《鴛鴦香爐》、《白雪少年》、《迷路的雲》、《打開心內的門窗》、《走向光明的所在》……等上百本著作。

〈家有香椿樹〉選自林清玄的《一滴水到海洋》，其書〈自序〉：「一滴水雖小，清濁、冷暖卻能自知。……讓我們以清澈之姿，一起向海洋奔流，只要常保一片清澈的心，相信有一天一定能流到清淨的大海洋。」作者從俯拾即是的人間故事，闡述生命哲理，筆法輕靈婉約，巧思獨具，能令人感同身受，進而產生共鳴。

文本

市場裡看到有人賣香椿[1]，一大把十元，簡直有點欣喜若狂，立刻買了三把回家，當天晚上就做了香椿拌麵、香椿炒蛋、炸香椿，吃的時候自己都覺得好笑，好像得了相思病，不，香椿病。

說起香椿，它的味覺是很難以形容的，它的香氣強烈而細緻，與一般的香菜，像芫荽、芹菜、紫蘇大爲不同，食之風動，令人心醉。與一般香菜更不同的是，一般香菜多爲草本，香椿樹卻是喬木，可以長到三、四丈高，如果家裡種有一棵香椿樹，一年四季就永遠有香椿可吃。

我對香椿的感情是從小就培養出來的，我們以前在山上的家，屋後就有幾棵極高大的香椿樹，樹幹筆直，羽狀複葉，樹形和樹葉都非常優雅，是非常美的樹木。

我的父親獨沽一味，非常喜歡香椿的氣味，他白天出去耕作，黃昏回來的時候，就會隨手摘一些香椿的嫩葉回家，但是偏偏母親不喜歡香椿的味道，所以他時常要自己動手。他把香椿葉剁碎，拌麵、拌飯，加一點油、一點醬油，就是人間至極的美味。

最簡單的香椿做法，是剁碎了放在醬油裡，不管蘸什麼東西吃，那食物立刻佈滿了香椿的強烈氣息。

次簡單的是，用香椿葉來炒蛋，美味遠非菜脯蛋、洋蔥蛋可比。或者是用蛋和麵粉調糊，裹香椿葉下去油炸，炸得酥黃香脆，可以當餅乾吃。或者，以香椿拌豆腐。

還有複雜一點的，就是以香椿葉包餃子、包子、粽子，香氣宜人。

我受了父親的調教，自小就嗜食香椿，幾乎有香椿葉子，什麼東西都吃得下了。而香椿樹那種獨一無二的氣味，也陪伴了我的童年，那高大的香椿樹每到初夏，就會開出一簇簇的小白花，整個天空就會瀰漫一種清香，然後，花結果了，果熟裂開了，香椿樹帶著小翅膀的種子就會隨風飛到遠方。

有時候在林間會發現新長出的香椿樹，那時就知道有一顆香椿樹的種子曾落在這裡。香椿樹的幼苗和嫩葉一樣，剛生長的時候是紅色的，慢慢爲橙色，最後變成翠綠色，爸爸常說：「香椿如果變成綠色就不好吃了。」原因是綠色的香椿樹纖維太粗，氣味太烈了。

有時候，我路過山道，看到小香椿樹，就會摘一片葉子來聞嗅，然後放在嘴裡細細的咀嚼，特別感覺到香椿的香甘清美，眞不愧是香椿呀！

自從到臺北以後，就難得品嚐到香椿的滋味了，每次回鄉下總會設法去找一些香椿來吃。有一年，住在木柵的興隆山莊，特地向朋友要來兩株香椿樹的幼苗種在院子裡，長得有一人高，我偶爾會依照父親的食譜，摘來試做，滋味依然鮮美，就會喚起從前那遙遠的記憶。

後來我搬家了，也不知道院子裡那兩株香椿樹變成什麼樣子，會像故鄉的香椿樹長三、四丈高嗎？會開花嗎？種子也會飛翔嗎？

有一次讀莊子的〈逍遙遊〉，說到：「古有大椿者，以八千歲爲春，以八千歲爲秋❷。」所以香椿樹應該是很長壽的。由這個典故，以香椿有壽考之徵，所以古人稱父親爲「椿」，稱母親爲「萱❸」，唐朝牟融有詩說：「堂上椿萱雪滿頭」，是說高堂的父母已經白髮蒼蒼了。

父親過世之後，我也吃過幾次香椿，但每次那強烈的氣息，就會給我帶來悲情，想起父親，以及他手植的香椿樹，他常說：「香椿是很上等的木材，等長好了，我們自己砍下來做家具。」一直到他離開這個世間，他也沒有砍過一棵香椿樹，我以前一直以爲是香椿還沒有長好，現在才知道那是感情的因素。

八千年爲春秋，那是永遠也長不好了。但願爸爸如果是在極樂世界❹，也會有香椿拌麵可以吃。

端午節的時候，我路過松山的永春市場，看到有人在路邊賣「香椿粽子」，買了幾個來吃，眞有一點爸爸的味道，唉唉！

吃香椿粽子的時候我決定了，將來如果有一個莊園，屋前屋後我都要種幾棵香椿樹，來紀念爸爸。

註釋

❶香椿：學名Toona sinensis，又名椿、豬椿、大紅椿樹、春陽樹、椿甜樹，白椿、椿木、椿芽木、春尖、紅椿、毛椿、椿芽、杶、椿樗樹、櫄、楯等，香椿的葉片有獨特濃厚的味道，可做香料食材。原產於中國，現在東亞與東南亞，北至朝鮮，南至泰國、印尼等地區均有生長。「椿萱並茂」中的椿和萱指的是香椿和萱草，分別代稱父親和母親。

❷莊子《逍遙遊》：「小知不及大知，小年不及大年。奚以知其然也？朝菌不知晦朔，蟪蛄不知春秋，此小年也。楚之南有冥靈者，以五百歲為春，五百歲為秋；上古有大椿者，以八千歲為春，八千歲為秋，此大年也。而彭祖乃今以久特聞，眾人匹之，不亦悲乎！」《莊子．逍遙遊》裡說：「上古有大椿者，以八千歲為春，八千歲為秋。」謂大椿長壽，後世藉以指父親。《論語．季氏》記載孔鯉趨庭接受其父孔子教導之事，故後世以椿庭為父親的代稱。

❸萱：諼草，即萱草，又稱忘憂草，亦即金針。《詩

經・衛風・伯兮》：「焉得諼草，言樹之背。」朱熹注：「諼草，令人忘憂；背，北堂也。」《博物誌》：「萱草，食之令人好歡樂，忘憂思，故曰忘憂草。」

❹極樂世界：梵名Sukhāvatī之意譯。指阿彌陀佛之淨土，又稱極樂淨土、極樂國土、西方淨土、西方、安養淨土、安養世界、安樂國。（佛光大辭典P.5481a）《佛說阿彌陀經》（《大正藏》12．346c）：「從是西方，過十萬億佛土，有世界名曰極樂，其土有佛，號阿彌陀，今現在說法。舍利弗！彼土何故名為極樂？其國眾生，無有眾苦，但受諸樂，故名極樂。」

賞析

本文藉著「香椿」，勾勒出往日的情懷！透過回憶家中的「香椿樹」，敘述與父親的天倫之樂。本文情景交融，遠近更迭，時空互補，具有婉約的情意。輕巧的文字，不須雕琢，透過現前香椿的各種吃法，訴說自己對香椿濃得化不開的「相思病」。

本文透過空間、時間、情感、景物交互書寫，能引人入勝。以下分項說明：

一、時空變化：以今日「市場裡看到有人賣香椿」與昔日「我受了父親的調教，自小就嗜食香椿」為對照，又以今日與來日「將來如果有一個莊園，屋前屋後我都要種幾棵香椿樹」相期許。用遠近相襯映的筆法，由近寫到遠，從遠返寫到近，又從近寄情於未來。

二、時空交感：時間與空間互為糅合交錯，而情感自然流露（作者與父親的親情）。

三、情景交融：作者將時空景物，作為抒發心中思念的依據。因此，景中含情，情中寓景，藉由香椿的林林種種，道出情意的源頭，以及無止境的思念。

本文最後，以種香椿的未來願景，回歸主題，彷彿香椿又在過去的山林與未來的莊園飄揚，隱沒入無窮無盡的時空，顯得餘韻不絕，令人在其間沈思。

本文寫作技巧渾然天成，文字流暢，富有章法，從眼、耳、鼻、舌、身、意，皆有多元化的修辭方法。以下謹以六根、六塵、六識的分類方式，臚列表格，探析本文的修辭技巧：

序號	根	塵	識（部分例句）
一	眼的意象	色—視覺的效果	眼識—香椿的形狀
二	耳的意象	聲—聲音的震動	耳識—剁碎的聲音
三	鼻的意象	香—嗅覺的芬芳	鼻識—香氣強烈而細緻
四	舌的意象	味—味蕾的享受	舌識—各種香椿美食
五	身的意象	觸—行動的喜悅	身識—採嫩葉
六	意的意象	法—心靈的祈願	意識—喜愛香椿

問題與思考

一、你讀了〈家有香椿樹〉之後，你也想種一棵「香椿樹」嗎？為什麼？

二、香椿拌麵、香椿炒蛋、炸香椿、香椿拌豆腐、香椿餃子、香椿包子、香椿粽子，哪一道食材最令你心動？

三、你曾看過香椿開花結果嗎？請想像香椿種子飛翔的模樣，這象徵什麼意義？

四、請依照本文的方式，描述父親與你的心情故事。

五、莊子的〈逍遙遊〉：「古有大椿者，以八千歲為春，以八千歲為秋。」你認為「大椿」就是「香椿」？

六、你吃金針後，是否曾經「忘憂」？

延伸閱讀

一、林清玄，《一滴水到海洋》，臺北，九歌出版社，1992。

二、林清玄，《打開心內的門窗》，臺北，圓神出版社，1994。

三、黃永武，《中國詩學》，臺北，巨流圖書公司，1980。

簡秀娥教授撰述

肆、人間生活的體悟與紀實

晚明小品文選
談寫作・念師恩
八卦山下的自然童玩
輕輕我的妳～要漂去那裡？
如果記憶像風

晚明小品文選

張岱

導讀

「晚明」的政治混亂闇弱，但在文學史上，它卻是個飛揚華麗的年代。此階段的小品文為文壇帶來清新自由的氣息，作家們擺脫古文律法的束縛，以直寫胸臆來表現自我的風格，題材多樣，形式活潑，以李贄、湯顯祖、徐渭等人為前驅，再經「公安派」、「竟陵派」酬應鼓吹，蔚然形成一股嶄新風潮，其中匯聚諸家所長，獨成一家，堪稱晚明小品的代表人物，即為本文作者張岱。

張岱，字宗子，號陶庵，浙江山陰（今紹興）人；生於明萬曆二十五年，卒於清康熙二十八年（西元一五九七～一六八九）。他出生於官宦世家，先祖輩們功名顯赫，在學術研究與文藝創作方面多有貢獻。張岱在這種氛圍中成長，加上詩文轉益多師，曾師法徐渭與公安、竟陵兩派，又能去蕪存菁，揣摩練習，終成一家。無論是描山摹水、形容人物，或寫城市生活、風俗技藝，無不真實生動、情趣盎然。

早年的張岱為紈袴子弟，生活繁華多采。西元一六四四年，遽遭國變，明朝滅亡，乃遁入深山，過著奇貧的日子。五十一歲中秋作〈念奴嬌〉詞，云：「歎我家國飄零，水萍山鳥，到處皆成客」，遺民之痛，終其一生。他將未來的墓地選好、墓誌銘寫好後，就靜下心來讀書著述。他最重視的是《石匱書》，這本書記錄明朝的歷史，張岱以二十七年歲月寫成，五次易稿、九次校正訛誤，可見其態度之審慎及用力之勤，走筆處但見滿紙凜然民族正氣。

除了寫史，張岱散文最膾炙人口的是《陶庵夢憶》及《西湖夢尋》二書，文章充滿對故國的追憶與熱愛。本文首篇〈柳敬亭說書〉即選自《陶庵夢憶》卷五，文章敘述南京說書人柳敬亭技藝高絕，將說書藝術發揮得淋漓盡致。第二篇〈閏中秋〉則選自《陶庵夢憶》卷七，描寫崇禎七年，張岱會好友於蕺山亭歡度中秋的情景，文章以繁華熱鬧登場，賞月、歌唱、飲酒、啖果，串戲，在清風明月裡，歌聲裊裊迴盪於山谷，末段寫散場後的幽靜美景，張岱在似水月光與雲嵐中神馳，有「心凝形釋，與萬物冥合」的韻致。

文本

(一)〈柳敬亭說書〉

南京柳麻子❶，黧❷黑，滿面疤𤻪❸，悠悠忽忽❹，土木形骸❺，善說書。一日說書一回，定價一兩。十日前先送書帕下定❻，常不得空。南京一時有兩行情人❼：王月生、柳麻子是也。余聽其說《景陽岡武松打虎》白文❽，與本傳❾大異。其描寫刻畫，微入毫髮，然又找截乾淨❿，並不嘮叨。勃夬⓫聲如巨鐘，說至筋節處，叱咤叫喊，洶洶崩屋。武松到店沽酒，店內無人，謈⓬地一吼，店中空缸空甓⓭皆甕甕有聲。閒中著色，細微至此。主人必屏息靜坐，傾耳聽之，彼方掉舌⓮。稍見下人呫嗶⓯耳語，聽者欠伸有倦色，輒不言，故不得強。每至丙夜⑯，拭桌剪燈，素瓷⑰靜遞，款款言之，其疾徐輕重，吞吐抑揚，入情入理，入筋入骨，摘世上說書之耳而使之諦聽，不怕其齰⑱舌死也。

柳麻子貌奇醜，然其口角波俏⑲，眼目流利，衣服恬靜，直與王月生同其婉孌⑳，故其行情正等㉑。

註釋

❶柳麻子：即柳敬亭，本姓曹，名永昌，字葵宇。因犯案奔逃，改名換姓為柳逢春，因臉麻的特徵而被稱為柳麻子，以善說書聞名。

❷黧：音ㄌㄧˊ，黑而黃也。

❸疤𤻤：𤻤，音ㄌㄟˇ，皮膚小腫的病。疤𤻤指皮膚有瘡疤、小疙瘩。

❹悠悠忽忽：隨隨便便過日子。

❺土木形骸：形體狀貌如土石一樣自然。指不加修飾，以最真的面目示人。

❻書帕下定：以請柬、訂金約定時間。

❼行情人：正走紅受歡迎的人。

❽白文：說大書的腳本。大書由一人獨說，不帶彈唱，以醒本、扇子為道具。

❾本傳：指小說《水滸傳》。

❿找截：說書的專用語，「找」指增添或誇張的部分，「截」指節略或交代的部分。

⓫㔻夬：夬，音ㄍㄨㄞˋ。㔻夬為聲音洪亮之意。

⓬謈：音ㄅㄛˊ，大喊。

⓭空甓：甓，音ㄆㄧˋ，瓦質長方形建築材料，是磚的一種。

⓮掉舌：開口之意。

⓯呫嗶：音ㄔㄜˋ ㄅㄧˋ，附在耳邊低聲說話。

⓰丙夜：夜晚十一點至隔天凌晨一點。

⓱素瓷：潔白沒有花紋的瓷器。

⓲齰：音ㄗㄜˊ，咬也。以齒咬舌，形容非常驚訝。

⓳口角波俏：口齒伶俐之意。

⓴婉孌：音ㄨㄢˇ ㄌㄩㄢˇ，美好。

㉑行情正等：名聲、身價正相當。

(二)〈閏中秋〉

崇禎七年❶閏中秋，仿虎丘故事❷，會各友於蕺山亭❸。每友攜斗酒、五簋❹、十蔬果、紅氈一床，席地鱗次❺坐。緣山七十餘床，衰童塌妓❻，無席無之。在席者七百餘人，能歌者百餘人，同聲唱「澄湖萬頃❼」，聲如潮湧，山爲雷動。諸酒徒轟飲，酒行如泉。夜深客饑，借戒珠寺❽齋僧大鍋煮飯飯客，長年❾以大桶擔飯不繼。命小傒❿岕竹、楚煙於山亭演劇十餘齣，妙入情理，擁觀者千人，無蚊虻聲，四鼓方散。月光潑地如水，人在月中，濯濯⓫如新出浴。夜半，白雲冉冉起腳下，前山俱失，香爐、鵝鼻、天柱諸峰，僅露髻⓬尖而已，米家山⓭雪景仿佛見之。

註釋

❶崇禎七年：即西元一六三四年。

❷虎丘故事：張岱曾撰〈虎丘中秋夜〉，描述虎丘遊人中秋賞月盛況。

❸蕺山亭：蕺，音ㄐㄧˊ。蕺山亭乃舊時紹興及會稽縣的狀元亭，凡是考中狀元者，至此亭將名字刻於亭柱上。

❹簋：音ㄍㄨㄟˇ。古代祭祀宴饗時，用來盛稻粱、黍稷等的器具。

❺鱗次：像魚鱗般緊密排列。
❻衰童塌妓：年長色衰，打扮很不體面的孌童及歌妓。
❼澄湖萬頃：梁辰魚《浣紗記》裡〈念奴嬌序〉之曲詞。
❽戒珠寺：於今紹興市西街，原為王羲之舊宅，唐改為戒珠，現猶留存墨池、山門、大殿和東廂門。
❾長年：指長工。
❿小傒：小童、小廝。
⓫濯濯：清朗、清新的樣子。
⓬髻：梳在頭頂或腦後的髮結。
⓭米家山：宋代米芾和兒子米友仁擅長以濃淡不同的墨，渲染出雲的流動，及雲霧中的山水，風格出塵脫俗，後人以「米家山」或「米家山水」稱之。

賞析

(一)往昔說書人的社會地位非常卑微，張岱卻以神采奕奕之筆書寫說書人柳敬亭。由於筆鋒精煉傳神，在〈柳敬亭說書〉裡，讀者彷彿就坐在說書人面前，見其貌、聞其聲、欣賞其精采絕藝。

張岱在文章起頭處形容柳敬亭：「黧黑、滿面疤瘤、悠悠忽忽、土木形骸」，然而筆鋒一轉，雖然其貌醜，但是其技藝卻絕美，想聽他說書，得十日前先送書帕下定，其說書藝術「描寫刻畫，微入毫髮」，說到文章關鍵之處，威風凜凜的斥喝叫喊聲，彷彿房屋即將崩塌，僅述以武松到店沽酒的場景與氛圍，即出神入化，「店內無人，謈地一吼，店中空缸空甓皆甕甕有聲。」想像那寂靜的酒店，空缸空甓迴盪著洪亮的叫買聲，如此誇張卻傳神的講述，將武松的威猛強悍，刻劃得入木三分，也讓讀者理解到柳敬亭說書引人入勝的原因。

文章提及柳敬亭在講述時，「拭桌剪燈，素瓷靜遞」，如此的環境氛圍，方能搭配其圓熟的技藝；聽眾必須專注傾聽，若席上有人耳語或面露倦色，柳敬亭則停止不語，由此可見柳敬亭非常尊重自己的專業，於此也凸顯其性情中人的一面。

在文章結尾處，張岱再度毫不客氣的說柳敬亭容貌「奇醜」，但緊接著卻把貌醜的柳敬亭和花容月貌的王月生並提，且在此文章裡兩次並提王、柳二人。關於王月生，張岱曾形容這位南京名妓「面色如建蘭初開」、「寒淡如孤梅冷月」。如此，兩人的形貌真有天壤之別，但是在熟諳於鑑賞美感的張岱眼中，柳敬亭卻和王月生一樣的姣美，因為才情內涵所散發出來的光彩，已然掩蓋其貌醜。永恆的美，仍須源自於內在。

張岱得以與柳敬亭生於同世，親聆其絕世說書才藝，真值得後人欣羨，而柳敬亭得張岱此一知音，為其才學以文字做見證，也是何其有幸。

（二）

在中國漫長悠遠的文明中，歲時節慶文化是非常精彩的一環，或因敬天畏祖及神話傳說；或因祈求生產豐收、人們平安康泰；或為了精神上的喜悅，於是，虔誠的儀式和熱鬧的娛樂活動便活躍於城鄉各處，代代傳承，成為先民及現代人共同的感性記憶。

晚明是個狂熱追求生活美學的年代，對於節日的歡樂慶祝自然也臻極盛，風雅文人，推波助瀾，其中浪漫情真的張岱，更是珍惜人間佳節好時光。

崇禎七年，三十八歲的張岱和同道好友一起歡度中秋節，大夥各自攜帶美酒佳餚，在山谷裡的草地上，鋪滿了氈毯，月白風清裡，七百多人，飲醇酒、賞佳月，在皎潔月光下，眾人大合唱，我們可以想像數百人同心同感動的溫馨氛圍，且看那歌詞所述：「澄湖萬頃，見花攢錦繡，平鋪十里紅妝。夾岸風來宛轉處，微度衣袂生涼。搖颺，百隊蘭舟，千群畫槳，中流爭放採蓮舫。惟願取雙雙繾綣，長學鴛鴦。」

此曲情境色彩斑斕、動感十足。人們在美麗的夜空下吟唱此曲，心境充滿祈願與歡樂。透過張岱深情傳神的記錄，那份感動彷彿隨著時光之河，流淌到你我的心靈裡。

夜深，人群散後，方才的熱鬧喧騰，彷彿一場夢境，人間繁華落盡，山谷裡僅餘張岱，獨守那年八月十五月光的最後餘韻，然而張岱並不孤獨，他懂得享受與美獨處的幸福，讓人驚喜的是團團白雲也來湊趣，它們攏簇、渲染連綿峰巒，以潑墨的矇朧，要和先前空靈如水的月色媲美。「香爐、鵝鼻、天柱諸峰，僅露髻尖」，這真是極為嫵媚的視覺經驗。

張岱才高情深，寫崇禎七年中秋夜如何歡度，敘事之中，卻情感撲面，景猶在前，百世之後的讀者，能不忘我而同神遊乎？

問題與思考

一、在〈柳敬亭說書〉裡，張岱兩度提到名妓王月生，請問意蘊為何？

二、柳敬亭把武松到店沽酒說得出神入化，請同學也準備一則短小卻精彩的故事與同學分享。

三、你覺得張岱筆下的中秋夜和現代人的歡度中秋有何不同？

四、你最喜歡哪個傳統歲時節慶？請說明緣由。

延伸閱讀

一、李露露著，《閱讀民間傳統節日》，福州：福建人民出版社，2005。

二、胡益民著，《張岱評傳》，南京：南京大學出版社，2009。

三、曹淑娟著，《晚明性靈小品研究》，臺北：臺北文津出版社，1988。

四、毛文芳著，《晚明閒賞美學》，臺北：台灣書局，2000。

五、林語堂著，《生活的藝術》，臺北：風雲時代出版社，2011。

賴玲華教授撰述

談寫作・念師恩❶

琦君

導讀

琦君（西元一九一七～二〇〇六）本名潘希真，又名希珍，浙江永嘉瞿溪鄉人。早年在溫州瞿溪鎮生活，因為親生父母早逝，她和哥哥託孤給伯母，過繼給潘國綱，而改姓潘。一九四一年，於杭州之江大學中國文學系畢業。在學時，追隨詞學大師夏承燾先生學習。一九四九年來臺後，次年結婚，育有一子。曾任高檢處紀錄股長、司法行政部編審科長。一九六九年退休後，任教於中央大學、文化大學等校中文系。

一九五四年，自費出版首本散文及小說合集《琴心》；作品除散文外，尚有數本短篇小說集；主題多為懷念兒時生活，其文字清新，筆下常帶感情，記敘家鄉生活的散文特別出色。曾獲中山文藝獎，作品〈鞋子告狀〉獲新聞局優良圖書金鼎獎，〈此處有仙桃〉榮獲國家文藝獎。琦君的散文（如〈桂花雨〉、〈媽媽的手〉）常被臺灣的中學課本收為教課內容；其短篇小說〈橘子紅了〉曾被公共電視臺改拍為連續劇。

一九七七年，因為丈夫海運公司的工作，琦君舉家遷至美國新澤西州居住。在當地《世界日報》設有專欄，並參加美國的文學座談會。二〇〇四年初，與夫回臺灣臺北淡水「潤福生活新象館」定居。二〇〇六年四月三十日，出席亞洲華文作家文藝基金會「向作家琦君女士致敬」記者會。同年六月七日，病逝於臺北和信醫院，享年九十歲。

文本

剛進初一時，在國文課本裡讀到許多篇名家的文章，都是白話文，覺得比「之乎者也」的古文有趣味多了。因而很想學寫白話文，自由自在的發揮，多好哇。可是古板的國文老師規定我們要寫文言文。我因曾被家庭教師逼寫過三言兩語的文言文，還勉強可以應付。雖蒙老師讚許，心裡仍悵悵的，和同學們一樣，盼老師能網開一面，允許我們寫白話文才好。

到了初三，國文老師換了一位西裝革履的新派人物。他說多讀幾篇古文可使你領會行文的氣勢、辭句的簡練，有助於白話文的寫作。日常生活的感興，還是以白話文較易表達。於是我們都洋洋灑灑的寫起白話文來。我又多寫幾篇自以爲得意之作請老師批改。他說我文字已頗順暢，只須從深厚處求進益；教我多讀名家作品，暫勿急於寫作，因爲蠶不吃桑葉是吐不出絲來的，我聽了有點茫茫然，也有點失望，覺得寫作之路，實在艱辛。

高一至高三，同是一位國文老師，他是燕京大學的文學碩士，一聽「燕京」二字，我們就不由得肅然起敬。難得的是他和藹、灑脫。上課時不呆板的講解課文，而要我們自由的提出欣賞心得，他說無論文言白話，只要情眞語切，一樣的盪氣迴腸。作文時他不命題，讓我們自由的寫，但必須當堂交卷。有一次，我寫了篇〈哭大哥〉的文章，老師在許多句子加上了密密的圈，最後批道：「手足親情，感人肺腑。盼多讀、多寫，必定樂趣無窮。」

他和初中那位老師不同的是鼓勵我多寫，使我增加了興趣和信心。我感激的捧著作文簿回家，但不敢拿給父親看，生怕引起他思子的傷感。但他還是看到了，卻沉著臉問：「你爲什麼不用文言文寫？是老師准許你寫白話文的嗎？」我含淚低頭，默默的走開了。從此我把作文簿與日記本統統藏到枕頭底下，不讓父親看到，心中卻非常感激老師給我的那幾句批語。

大學唸的是中文系，恩師夏瞿禪教授對我們的啓迪尤多。他語重心長的說：「爲人爲學爲文都要一致，就是一個誠字。」他說：「文章不要勉強求工，但能誠誠懇懇書情達意，就是言之有物。多讀古今名篇，多體驗生活，日久自有進益。」同學們每有所作，無論詩詞散文，他總是贊美多、刪改少。給予我們心靈上很大的空間。詩詞方面，遇有用字未妥或音調不協處，他只在邊上加上小紅點，提醒你自己斟酌修改。在課堂裡，他常以鄉音朗吟古人詩詞名句，要我們說出好在那裡，並舉許多相似或相反之名句作比。散文方面，他指點我們以新眼光欣賞析《左傳》、《國策》、《史》、《漢》等歷史鉅著，在班上提出討論，人人都感樂趣無窮。他常笑說：「我們當年讀書是苦讀，現在開明了，讀書要樂讀。」

畢業後回到故鄉，因戰亂與恩師兩地睽違❷，音書阻絕逾兩年之久，有一天，意外的收到他輾轉自浙東寄來的信，他寫道：「居窮鄉以讀書自娛，覺天地至寬也。近讀奧爾柯德所著《小婦人》、《好妻子》二書，寫父母手足親情，眞摯自然之至，猶讀狄更斯《塊肉餘生記》，一字一淚，感人至深。念希眞之性情身世，亦可勉爲此業。期以十年，必能有成。歲月不居，幸勿爲人間煩惱蝕其心血，勉之、勉之。」恩師的期勉，使我感激涕零。也曾痛下決心，學習寫作，但以戰亂中流離轉徙，人事滄桑，始終未能安下心來寫作。

到臺灣後，生活初安，才試寫了一篇短文投寄報刊，即被刊出。看見自己塗鴉之作，居然眉清目秀的見諸報端，那一份驚喜實非言語所能形容。尤令我感動的是主編先生還函約我繼續寄稿，並在一個聚餐會上，邀我去與已成名的作家們歡聚，使我開始享受以文會友之樂，也增加了寫作的興趣與信心。從那以後，我就一直緊握著這隻筆。

四十年來，我永遠記住恩師「誠」字的誨諭，兢兢業業，未敢稍懈。於遣詞用字之際，亦未敢掉以輕心。「書信是千里面目」，文章見諸報刊，傳播豈止千里？焉得不謹慎推敲？

直到如今，我寫的固然都是父親厭棄的白話文，但總是字斟句酌❸，以求能貼切的表情達意，每於完成一篇短文後，總要請我的另一半，這第一位讀者過目一番，改正錯別字之外，看是否有不妥之處。他就擺出一副岸然的道貌❹，用鉛筆（不用紅硃筆已經很客氣了。）在邊上圈圈槓槓❺，槓槓圈圈。圈得我好高興，也槓得我好生氣，彼此爭論一番，最後還是接受他客觀的提示，仔細斟酌修改後才寄出。

這才是文章千古事，得失「兩心」❻知哪！

註釋

❶本文乃現代散文，記敘文，主題為懷舊憶友。
❷兩地睽違：因距離而未見面。
❸字斟句酌：下筆之際，再三推敲琢磨。
❹岸然的道貌：嚴肅的臉孔。
❺圈圈槓槓：書法老師用紅筆評閱學生作品時，直接加圓「圈」表示讚許、可圈可點，直「槓」表示否定。
❻兩心：此處指夫妻情篤，兩人共享創作之喜怒哀樂，原文應為「得失寸心知」。

賞析

本來「文章千古事，得失寸心知。」這是提醒作家下筆要謹慎，但琦君又多了一位良師益友的先生在旁立即作「讀者反應」，加之從小的恩師以「誠」相勉，使得琦君筆下充滿真摯情感，她的懷舊散文，幾乎是現代文學的代名詞，華文讀者幾乎都被她的文章感動過！

從本文中可見，琦君成為文學才女的過程並非一路順遂，她仍然被批評，但有自己的反思，也不畏艱難繼續寫作，方才造就日後的文學成就，這是值得我們的借鏡之處。不僅是為文或為學，甚至做人處世，何嘗不然？

琦君一生，在大陸浙江成長、求學，後渡海來臺工作、寫作、教學，又移居美國，晚年再返臺灣住居。琦君在大陸的溫州家鄉，相當重視琦君的文學成就，保留了琦君位於浙江溫州瞿溪鎮三溪中學的祖居，也設有琦君文學館。琦君的小說與散文備受推崇，作品風格溫柔敦厚，平實易讀，多篇文章選編至國內外教科書，傳頌里巷，《永是有情人》一書為其自陳真實身世的著作，有其重要轉折意義，也顯示琦君的重「情」心態，不只是懷舊之情，琦君旅美、居臺，每到一處，都與當地友人保持深摯淳厚的情感，並化為詩文與信札，字裡行間可見其真性情。夏志清曾讚譽琦君：「第一流的散文家，一定有超人的記憶力，把過去的真情實景記得清清楚楚。」二〇一三年起，琦君兒子李一楠、媳婦陳麗娜將作家文物捐贈到臺南的臺灣文學館，包括琦君在浙江時期高中、大學畢業證書、結婚證書、常穿衣物及贈媳的髮簪、剪斷的金戒指等，呈現大時代下，琦君以一女性之姿而成散文巨擘的風采。

問題與思考

一、試述求學生涯中，有什麼事情發生？而令人最難忘的啓蒙老師？
二、你的作文經驗中，印象最深的評語為何？
三、能夠忍受朋友對自己的「圈圈槓槓」嗎？發生衝突不快時，如何自處與調適？

延伸閱讀

一、琦君，《永是有情人》，臺北：九歌出版社，1998。
二、琦君，《橘子紅了》，臺北：洪範書店，1991。
三、琦君，《煙愁》，臺中：光啓出版社，1963；臺北：書評書目出版社，1975；臺北：爾雅出版社，1981。
四、琦君，《三更有夢書當枕》，臺北：爾雅出版社，1975。

李栩鈺教授撰述

八卦山下的自然童玩

蕭水順

導讀

蕭水順（西元一九四七～），筆名蕭蕭，彰化縣社頭鄉人。輔仁大學中國文學系畢業，臺灣師範大學國文研究所碩士。曾任中州工專、達德商工、再興中學、景美女中、北一女中、南山中學教師，中國文化大學、東吳大學、輔仁大學中文系、真理大學臺文系兼任講師，現任明道大學中文系副教授。曾榮獲《創世紀》創刊二十週年詩評論獎，第一屆青年文學獎，新聞局金鼎獎、五四獎、新詩協會詩教獎、彰化磺溪文學成就獎等獎項。

蕭蕭的散文，以尊重生命作為主軸，常以「人」為中心點探討人與土地的關係，人與自然的和諧與對立。又因自幼生長在鄉間，所以深刻瞭解農民知天、樂天與謝天的哲學。作品中浸透著濃厚的台灣文化元素，並交織著中國古典文學的底蘊，又加上廣受世界文學的薰陶，所以在文學創作中呈現出多采自如的風格。近期則專注於彰化詩學的建構。

蕭蕭以現代詩、現代散文、美學、臺灣文學、修辭學、現代小說做為研究主題與專長。早期學術專攻中國古典文學，後來又專研現代詩學與文學理論，教學之餘並長年參與年度詩選、年度散文選的編選工作。著有《太陽神的女兒》、《凝神》、《忘憂草》、《詩話禪》、《父王扁擔來時路》、《現代詩學》、《台灣新詩美學》等六十餘種，另編有《台灣現代文選．散文卷》等三十多種籍。

〈八卦山下的自然童玩〉是作者以家鄉地景為寫作藍圖的散文。八卦山位於彰化市東方的卦山里，海拔九十七公尺，屬於八卦台地（或稱八卦山脈）西北丘陵，但因地處彰化平原，因此視野相當遼闊，除了可以居高臨下俯瞰彰化平原，更可向北遠眺台中盆地與大肚山。現今規畫為「八卦山風景區」，面積約為二萬二千公頃，其中最著名的景點為「八卦山大佛」。

文本

身體是第一樣遊戲載體

童年的記憶是所有記憶中最深長的，不只是因爲它在我們的生命史中，最早所以最深長。除此之外，應該還有其他的原因，否則，一個七十、八十的老大人會忘記你剛剛跟他再三交代的話，爲什麼卻對少年時代的事原原本本記得一清二楚？是因爲那是空白紙上最早的印記，還是因爲那是最單純的生活實錄，沒有功利思想的遊戲載體❶？

遊戲，是最早也是最好的模仿學習。扮家家酒❷，是模仿大人居家生活的進退禮儀，學習倫理；削刻番石榴樹的枝柯，成爲完美的陀螺❸，不就是雕刻才藝的傳承？跳繩，何時進，何時退，不就是人生舞台上常要扮演的藝術？誰人拉，誰人跳，誰是主，誰是從，不就是政治舞台常見的戲碼？

千萬不可忽略，人，與生俱來的的遊戲本能，更不可忽略，遊戲所帶來的生活機能。

民國三〇年代、四〇年代，自來水、電、瓦斯，普及率不到一成的年代。可以想像，水要從井中汲取的辛苦模樣嗎？沒有電，就沒有收音機、電視、電影、電腦，那又是什麼樣的生活面貌？瓦斯不來，如何生火，不能生火，如何生活？

因爲：那時候的路是泥巴路、碎石子路，那時候的房子是稻草屋頂、黏土牆壁、竹編門板，腳下踩的依然是堅實的泥巴地。所以，那時候的父母會有閒錢、會有餘力，爲自己的孩子買玩具嗎？

孩子的玩具從哪裡來？

孩子的第一個玩具，通常是自己的身體，不用花錢，隨身攜帶，隨時可用，既可娛樂自己，又可娛樂別人。

口腔是最原始的樂器

鄉下沒錢人家的小孩，第一個玩具是口腔，可以哭、可以笑的口腔，玩起來隨心所欲，哭、嚎啕大哭、哭得驚天動地、哭得Do Re Mi Fa So La Si有了不同的腔調，就是沒人理你，因爲大人都在忙農事、忙家事，可是，就在這時，孩子發現了自己可以控制聲音的大小、長短、高低，玩了起來。笑，亦然。讀到高中時，我同學已經發展出三十六種笑聲，隨時展現不同共鳴位置的不同笑聲，取悅大家。

口腔期[4]玩具，時間拉得很長，我叔叔到了四、五十歲，晚飯後一定大聲吹著口哨，傳播最新的流行歌曲。今天所有我會跟著人家哼的台語歌曲，就是從他的口哨聲熟悉了旋律。當然，所有的鄰居小孩、子侄輩，沒有一個不是跟著學習從嘴裡發出聲音，即使零碎，還是可聽的音符。像我，可以一面保持微笑，一面吹著口哨，常讓同行的朋友一直回頭尋找：歌聲到底從哪裡來？因爲，他自己肯定沒吹口哨，而我臉上保持著微笑。

模仿狗叫聲、雞叫聲、汽車聲、火車聲的口技，雖然不是每個人都維妙維肖[5]，至少大家玩得相當愉快，你一聲，我一聲，引來不斷的笑聲。這時，突然噗吡一聲好大的放屁聲來湊熱鬧，肛門期[6]玩具來了，常吃蕃薯的我們，肚腹肛門也是玩具，聲音要寬弘，還是尖細，C調還是降E大調，可以隨自己所在的場合作決定，只是，臭，必不可免，不過正如詩人商禽[7]所說：「臭，那是鼻子的事。」

有病呻吟，是生活家常；無病呻吟，才是藝術高手。同理，有屁快放，是生理正常；無屁放屁，那才是遊戲高手。小時候，我們會把右手半握放在左腋下，左手用力做振翅動作，氣從右手虎口急竄而出，僞造放屁的巨大聲響，惹得女孩子捏著鼻子搧著風，直說「好臭好臭」。後來，我到學校服務，禮拜五下午例行召開行政會報，大村鄉、花壇鄉的兩位組長和我先到，坐在沙發上閒聊，這時，大村鄉的組長放了一個響屁，然後他就一直扭著屁股磨擦皮沙發，發出類似放屁的聲音，一面磨一面說：「這種聲音眞像放屁。」花壇鄉的組長說：「還是第一聲比較像。」我才知道，製造放屁的聲音原來不是我們社頭人的專利。

植物是隨手可以取得的玩具

身體的拍打、手指關節的扭動、夜間手影的扮演，都是我們應用身體去扭去跳，所能取得的最大娛樂。其次，植物則是我們隨手可以取得的另一類玩具。

辦家家酒（台語叫做「扮傢伙子」）首要的工作就是「吃」，一定要去摘一些樹葉、草葉，或者媽媽揀菜以後丟棄的菜葉，作爲我們煮飯炒菜的道具，再去撿些瓦片、石片作爲餐具，樹枝當筷子，「小民」一樣以食爲天。扮家家酒最有趣的是扮新娘，這時，紅花、紫花、黃花插滿頭，要將新娘子打扮得漂漂亮亮，有時摘來姑婆芋[8]的大葉子當遮傘，更加氣派。如此，孩童時代「食」與「色」的天性，都是靠著植物來粧點。

男孩子沒得化妝，有時自己紮一個草圈戴在頭上，有時將帶殼的土豆輕輕一按，讓它夾住耳垂、夾住下巴，儼然是一個山大王，也自有樂趣。打起仗來，鳳凰樹的豆莢就是上等的刀劍，折斷的樹枝可以直逼敵人胸前，撿來的苦楝仔可以用彈弓彈射對方，或者藉著插在地上的竹篾片的彈力發射出去，男的勇敢在第一線作戰，女的在第二線努力撿拾敵方射過來的苦楝仔[9]，後勤支援。這是一場植物的戰爭。戰多於爭。

另一種植物的戰爭，則是爭多於戰。那就是打陀螺（台語叫做「拍干樂」）比賽。那個年代，沒有人賣陀螺，陀螺都是父兄或自己砍下芭樂樹的樹幹、樹枝，以柴刀刪削製作，中心位置還要嵌入鐵釘，工程浩大，我在想，會不會哪一位木雕師傅的第一刀就從這裡開始？擁有一顆陀螺，那眞是莫大的喜悅與光彩。

打陀螺，可以自己仔細纏索、用力抽索，讓陀螺在地上打轉，兩三個人同時丟出，看誰轉得久，這是文明的玩法。野蠻的玩法則是，上一回轉的時間最短的人，他的陀螺成爲這一輪被釘打的對象，這一輪，他先抽轉陀螺，其他人則纏好陀螺的繩索，虎視眈眈[10]，雀躍[11]頻頻，選擇最恰當的時機、瞄準最適合的位置，狠狠以自己的陀螺釘打地上旋轉中的陀螺，將它擊倒、擊碎。這種玩法相當刺激，連旁觀的人都會熱血沸騰。有時，陀螺眞的會被擊碎，通常只是被擊倒而已，也有情勢逆轉的情況，釘打人的陀螺反而受了傷。

不過，小孩子的戰爭不是爲了宗教信仰，也不是爲了石油，打完了，又去玩另一種遊戲，譬如，將掉下來的檳榔樹葉當拖車使用，讓幼小的弟妹或者女孩子坐在葉托上，大個子的男孩拉著葉子的一端跑，沙沙沙的聲響，揚起的灰塵，顚簸的運與動，都讓單純的心靈興奮。

八卦山腳多的是各種不同的樹，相思樹、樟樹、楓樹、木麻黃，供應我們「取之無禁，用之不竭」的玩具。

大地是學習最好的場域

八卦山腳，整整一大片彰化平原，就是我們奔馳追逐的場所。

那時的台灣是以農立國的年代，家家種田，我們有時隨父母下田實習，有時幾個孩子聚在一起玩泥巴，好靜的人自個兒捏塑泥像，捏個爸爸、捏個媽媽，捏個布袋戲裡的南俠環山虎[12]、北俠小流星[13]，一面捏一面編故事；好動的人則各自找泥土製作平底碗，碗的大小約與手掌同，做好了以後拖在手上，然後快速反扣地面，藉由反扣時大氣的衝力，將碗底爆破，兩人約好，要以自己的泥土補好對方的洞，洞破的越大，顯示自己的碗底壓得又薄又平，自己的腕力快而有力，這樣的比賽倒是溫馨而有趣，反正泥土多的是，隨挖隨有，不虞匱乏[14]，要的是勝利的滋味。何況，賽完之後，誰的泥土，不論多少，都要還諸天地，剛才計較補多補少，可愛復可笑，對於人生的得失去取，不知有誰在這麼小的時候就領悟了？

第二期稻作收成以後，田野空曠，可以丟土塊遠近爲樂，可以紮稻草人大小爲戲，可以大夥兒尋土塊、築土窯、爌蕃薯[15]。在等待蕃薯烘熟以前，漫長的時間可以繼續土塊戰爭，可以繼續以稻草人爲戲偶，自編自演新的武俠戲。大地一直不會拒絕孩子的笑聲。

或者，回到稻埕[16]、回到厝角邊[17]，以瓦片畫南北向的長方形，再疊上東西向的長方形，你用磚塊當「子」，我以石頭當「子」，下起「直棋」來。有時畫個圓形「西瓜棋」，各以六子攻守，可以一步一步走，也可以相約隨時飛翔，趣味自有不同。下完棋，用腳擦擦土地，磚塊、石頭、草葉也一樣回到大地，大地無損無傷，我們卻在這樣的歡樂中成長。

一條繩子・一堆廢物・一樣神奇

孩子是具有巧思的。家裡的廢物可能成爲我們神奇的玩具，一條繩索可以有多種玩法。先說神奇的繩子吧！

一條繩子，我們可以自己揮動，由後而前，或由前而後，供自己兩腳齊跳、單腳獨跳、雙腳交互跳、跑步跳，這樣的組合變化已經夠讓人炫目了。還可以單手拿著繩索的兩頭，與大地平行逆時鐘方向揮動，繩子靠近時，兩腳跳躍過去，不停揮動不停跳躍，這是最累人的一種兼有運動效能的遊戲。

多人玩繩索，變化更多，最簡單的是一人站中間等候，兩人各執一端準備揮動，繩子揮過頭頂再落地時，中間的人同時起跳，如此反覆計數。高明的人不會站在中間等候，他是算準繩子落地的那一瞬間衝入起跳，瀟灑漂亮的英姿惹人讚賞，有時兩人一起衝入，整齊劃一，優雅美妙。

還有更優雅美妙的，揮繩的人左右各一繩，交互揮動，跳繩的人要在一起一落之間介入、跳躍，適時躍出，贏得許多的掌聲。我覺得這已經是一種舞蹈的基礎訓練了，笨手笨腳的我，在這種跳繩遊戲中，通常是在旁邊用力鼓掌，衷心讚歎的那人。

繩子除了可以供人跳躍之外，還有別的玩法。兩人各執繩索一端，分立兩旁，中間放著一塊石頭，猜拳贏的人先把繩子拋向空中抖出一個環來，要讓那個環剛好圈住石頭，慢慢攏近石頭，再猛一拉，將石頭拉到腳邊就勝了這場比賽，如果無法達成，就換對手拋繩、拉石，一來一往，有時勾住，有時落空，趣味自在其中。

延續到今天仍在玩的繩子遊戲，則是繩子繞過兩人的左腰拉在右手上，立地站穩，比比手力和智巧，誰能使對方移動腳步，誰就贏了。我住在員林那位姓張的健壯同學，一直是拉繩遊戲中的泰山[18]。

至於廢物變神奇，就男孩而言，是滾鐵環（台語是「輪鐵箍」）遊戲的那一圈鐵環，那鐵環通常是用來捆栓水桶、尿桶、糞桶用的，當桶子壞了，上下兩圈鐵環就是我們最好的玩具，我們再製作一個「ㄩ」字型的推桿，推著鐵環、滾著鐵環，天涯海角浪跡而去。

女孩子則喜歡以媽媽剩下的布料縫製小沙包，製成五個就可以開始玩了，拋一個在空中，趕緊放下四個再接空中那一個，然後是拋一個抓一個在手上，陸續完成後，又回到第一個動作，再換成拋一個抓兩個在手上，或者反過來，拋一次放一個，有時還配著歌謠做動作：「一放雞，二放鴨；三分開，四相疊；五搭胸，六拍手；七圍牆，八摸鼻；九咬耳，十拾起。」手巧的女孩，縫製的沙包精緻，拋接的動作俐落，歌聲又好聽，讓人入迷。

文字，奧秘的玩具，激盪腦力

識字以後，讓我入迷的是文字的變幻。

未上小學以前，爸爸就拿著磚塊、石頭、樹枝，在大地上教我習字、認字，我也有模有樣拿著磚塊、石頭、樹枝在大地上刻畫。我喜歡那些橫筆、豎畫、一撇、一捺的增減。

歐陽脩的母親以荻劃地教歐陽脩識字，使他成爲宋朝重要的文學大師，八卦山腳有多少像我爸爸這樣的父親，拿著磚塊、石頭、樹枝，在大地上教孩子認字，他們會教出多少文學大師？

中學以後，我喜歡文字的猜謎、對仗、押韻、重組，甚至於要從文字的筆劃間探悉人間的情義，測知人生的道理；要從文字的組合裡訴說心中的情義，佈達生命的眞諦。

文字是我童年最後的玩具，一直執迷地玩到今天，猶無歇息之意。它不像鐵環，只能滾到田中、二水，它可以翻滾到漢字通行的世界各地，甚至於翻滾到人的內心深處，歷史轉折的那一點奧秘，猶不歇息。

註釋

❶ 載體：carriers，用來承載訊息的媒介。

❷ 扮家家酒：或稱「玩家家酒」、「過家家」，兒童間常見的扮演遊戲。模擬扮演家庭角色，並找一些物品充當道具，類似現在的兒童玩芭比（Barbie）娃娃一樣。

❸ 陀螺：一種木頭製的圓錐形玩具。下端有鐵尖，以繩子繞上陀身，急甩出去，落地後能直立旋轉。台灣桃園縣的的大溪鎮，最高記錄已有一八七．五公

斤的陀螺王。大溪鎮舉辦有「大溪陀螺節」。

❹口腔期：又稱口慾期，是奧地利心理學家佛洛伊德提出的心理學名詞，用來描述孩童成長過程中的一個時期。在0到1歲的「口腔期」，人主要靠著吸吮、咀嚼、吞嚥等動作來獲得原始慾力的滿足。此處被作者引用指的是身體樂器所運用的部位。

❺維妙維肖：模仿得精細巧妙，逼真傳神。「肖」是「像」的意思。「維」語助詞，無義。

❻肛門期：幼兒在一歲半到三歲之間，以佛洛依德的理論稱為肛門期，因為這個時候孩子漸漸能將大小便存放一定的時間再釋放出來，與之前隨時滿足排除廢物的情形不同，幼兒主要靠排泄的刺激感來獲得滿足。幼兒主要靠排泄的刺激感來獲得滿足。

❼商禽：本名羅燕（西元一九三〇～），其他筆名有羅硯、丁戊己和壬癸等。台灣新詩人，出生於四川珙縣，一九五六年參加現代派，加入創世紀詩社，曾任《時報周刊》副總編輯，為臺灣「現代詩運動」初期的健將。著有《夢或者黎明》、《長頸鹿》、《火雞》、《鴿子》、《滅火機》，作品充滿超現實主義色彩。

❽姑婆芋：天南星科，又稱野芋、觀音蓮、山芋、海芋、天荷，塊莖及全株汁液有毒，是台灣低海拔山野間最常見的原生植物之一。「姑婆芋」過去在台灣民間是應用非常廣的植物，因為它取材容易，所以碩大的葉片常常被拿來當作包裝紙使用。例如市場大都用姑婆芋葉片來包裹食物，魚、肉、豆腐⋯

❾苦楝仔：苦苓、苦楝子、金鈴子、森樹等，其果實川楝子可入藥。木本植物，葉子呈羽狀複葉，前端尖銳，靠近葉柄呈圓形，每年五月下旬開紅白色花。因木材味苦，故名苦楝。「楝」是華人作家經常寫到的題材，藉以抒發心中對生於斯、長於斯的土地情感，例如席慕容（西元一九四三～）的《寫給幸福》、莊柏林（西元一九三二～）詩集的《苦楝若開花》等等。

❿虎視眈眈：像老虎看到獵物般的貪狠注視。比喻心懷不軌，伺機掠奪。眈眈指眼睛垂視貌。眈讀作ㄉㄢ。

⓫雀躍：喜悅、輕快的感覺。喜悅的心情，彷彿可像雀鳥一般，輕快地跳躍著。

⓬南俠環山虎：《南俠環山虎》是五〇年代南投新世界掌中班招牌戲碼，男主角即為南俠環山虎，此劇曾經在台灣中南部造成極大轟動二十餘年，並締造布袋戲唱片出版銷售最高紀錄的佳績。

⓭北俠小流星：為《南俠環山虎》劇中的要角，為南

俠環山虎之子。

⑭不虞匱乏：不用擔心會有所缺乏。「虞」擔心、憂慮。

⑮爌蕃薯：即烤番薯。在台灣把食物經過長時間悶燒稱為「爌」，讀「曠」，音ㄎㄨㄤˋ。在空地裡，尋找或敲打土塊作成土窯；土窯燒熱後，將生的番薯丟進去，打破土窯，讓番薯在熱土裡悶烤到香氣四溢，然後挖出來吃。閩南話叫做「爌窯」。下次要吃，再隨手作一個土窯。臺北縣金山鄉的紅心番薯非常有名，現在每年八月舉辦有「金山甘藷節」(金山蕃薯節)，每次為期一個月。

⑯稻埕：即曬稻的場地。埕讀「程」，音ㄔㄥˊ，台灣及閩南地區稱場地或庭院為埕。

⑰厝角邊：台語，指的是房屋的轉角處。

⑱泰山：此處指人猿泰山（Tarzan of the Apes）。《人猿泰山》本是美國作家埃德加・賴斯・巴勒斯（Edgar Rice Burroughs,1875-1950）所創作的系列小說。一九一二年十月，小說《人猿泰山》在《故事月刊》上初次與讀者見面。從一九一七年第一部人猿泰山電影的拍攝，至今已有七十多部相關電影和電視劇問世。因為泰山人物形塑的影響，後來形容孔武有力的男子為泰山。

賞析

〈八卦山下的自然童玩〉是選自蕭蕭的《放一座山在心中》，這本書是用報導文學的方式來書寫彰化的土地、記錄著當地的風情，無論是人文景觀特色、或是歷史變遷、家鄉情懷、以及朋友間的友誼。進入讀者眼簾的都是幅幅如實的彰化景色與田園鄉鎮風光。德國報導文學家冀希說：「世界上沒有比簡單的事實更奇異的，沒有比我們周圍的環境更富於異國風情的，也沒有比客觀的現象更美麗的事物。〈八卦山下的自然童玩〉不僅能讓讀者跟隨文字的觸動，回溯或體驗台灣三〇、四〇年代孩子們純真有趣的童年生活，更可透過文章閱讀的視野，讓我們重新思索童玩的真正作用與價值所在。

生活在現代的孩子們，從小就被三C產品包圍，電視、遊樂器常扮演著免費保母的角色，玩具賣場中各式各樣的玩具，永遠可以引來無數孩童的期待眼光。於是孩子們在商人推陳出新的玩具浪潮中，慢慢地只會玩大人們所提供的現成玩具，看來既方便又豐富的物質世界，卻一步一步銷融了孩童的無限創意與寶貴的想像能力。難怪日本動漫大師宮崎駿就曾憂心忡忡的表示──現代的孩子忘了傳統的生活方式，他說他的卡通越受歡迎，內心就越矛盾，這表示孩子會花更多時間觀賞，他擔心孩子只知道看電視、打電玩，不懂照顧爐火或正確使用菜刀，什麼都學不到，他也擔心孩童離現實越來越遠，不接近自然，也不學習打理日常生活。

〈八卦山下的自然童玩〉全文共分為六部分，分別是：〈身體是第一樣遊戲載體〉、〈口腔是最原始的樂器〉、〈植物是隨手可以取得的玩具〉、〈大地是學習最好的場域〉、〈一條繩子‧一堆廢物‧一樣神奇〉、〈文字，奧秘的玩具，激盪腦力〉。

文章的每一部分都會介紹令人既驚奇又驚艷的懷舊童玩，從口技的模仿、扮家家酒、打陀螺、檳榔樹葉拖車，到爌番薯、玩繩子、滾鐵環、拋沙包甚至只是追逐、玩泥巴，這些看似簡陋的玩具，其實都帶給作者極大的快樂與滿足。藉由文章的表達，讀者可以深切的感受到原來玩具／遊戲所帶來的樂趣或好玩的程度，並不是取決於產品的精粗與價格的高低；原來融入生活的創意與巧思，才是決定童玩的精采度以及厚實孩童心靈喜悅的關鍵。正因為兒時源源不斷的創意發想，使得蕭蕭能在遊戲中盡興地玩樂，這種來自幼時遊戲的滿足經驗，延續到成人後，讓他在從事腦力激盪的「文字玩具」中也能樂此不疲。

童玩記憶、家鄉地景、人文景觀串起〈八卦山下的自然童玩〉的主要脈絡，字裡行間到處可見蕭蕭對故鄉深情的眷戀，並喚醒對童年美好的記憶。如果生命的書寫是所有酸甜苦辣的組合，那種屬於童年的塵封過往，可能就是最令人難忘的原汁原味了。

問題與思考

一、在你的童年生活記憶裡，怎麼樣的玩具或遊戲，至今讓你久久不能忘懷？請整理出它的原因或理由。

二、如果童年可以重來而且可以自己設計規劃，你想要的童年樣貌是如何呢？再者，怎樣的童年才稱得上是快樂呢？

三、在〈八卦山下的自然童玩〉裡，蕭蕭有許多對於家鄉自然地景的書寫，如果以此為例，你對於家鄉附近的景物有哪些特別的記憶？不論是地貌景觀、或是人文風土，請你詳細回顧後，以「繪我家鄉」為主題，並用文字或圖畫加以詮釋。

四、嘗試以本文為軸心，請你整理出相關文學作品、電影或圖像，並以「童年・再會」為題，製作成簡報檔在課堂中分享。

延伸閱讀

一、蕭蕭個人部落格——詩與心的對話，網址：http://blog.sina.com.tw/hsiaohsiao66/

二、蕭蕭，《放一座山在心中》，臺北：九歌出版社，2006。

三、蕭蕭，《少年蕭蕭》，臺北：幼獅文化出版社，2010。

四、電影《冬冬的假期》，侯孝賢導演，萬寶路影業有限公司。

五、侯文詠，《頑皮故事集》，臺北：皇冠文化集團，2007。

吳宇娟教授撰述

輕輕我的妳～要漂去那裡？

江慶洲

導讀

江慶洲，臺灣臺中市人，西元一九七二年生。國立臺中商專資料處理科（一九九三）；國立雲林科技大學資訊管理系（一九九五）畢業。曾任聯邦投信管理部資訊科高級專員、阿波羅投信資訊部襄理、豐象投資經理、煒燁科技外部董事、台中市犁頭店社區大學講師、嶺東科技大學地方文史駐校藝術家，現任台中市原鄉文化協會總幹事、台中市南屯區鎮平社區協會總幹事。

曾獲：台中市推動綠化有功人員、第三屆魅力城鄉大獎——全國優良城鄉風貌評選（生活文化景觀特別獎）、二〇一一年台中市第十三屆大墩文學獎——報導文學類第三名〈輕輕我的妳～要漂去哪裡〉等。

著有《圓水碓鎮平家園》、《繩紀水碓》、《台中市水碓客家聚落資源調查暨規劃設計》、《「原鄉」文化在犁頭店》、《新環中區域輔導中心》、《走尋源水碓》、《初探部落春原味——情牽南屯舞動生命力》、《心靈捕手——水碓仔齋堂外貌空間改善》及〈輕輕我的妳～要漂去哪裡？〉等著作。

〈輕輕我的妳～要漂去哪裡？〉選自江慶洲台中市第十三屆大墩文學獎——報導文學類第三名的同名作品，作者從長期擔任保護與研究地方文史專家的角度，俯拾故鄉水碓的種種人事與風物，闡述水碓的保存與永續，以及公共化的期待，令人讀來感同身受，進而產生共鳴。

文本

台中是一個永遠長不大的城市？你屬於那一群容易遺忘的人民？

每次經過環中路，看著這個正在「長大」的城市——台中，突然冒出來的高樓就像雨後春筍。還記得曾聽過一個描述台中市的說法——一個沒有歷史記憶的城市、住著一群容易遺忘的人民……。還記得當初這段話，深深地說進我的心坎裡，回想這一、二十年來自己的故鄉，還眞的一直在改變，片刻沒停歇過。而這裡當初是什麼模樣？印象與記憶不只是模糊，說眞的，我眞的記不起來了！還有當時的那群朋友、玩伴和鄰居們……，不知道大家現在過得好不好呢？

熟悉卻漸陌生的家園

這幾年在西、南屯區，看到許多的挖土機和卡車，忙碌的揚起灰塵、瀰漫天空，湮沒自己生長和熟悉的家園，成了後來的另一個地方。世居在南屯區鎮平里的水生伯，記得在很小的時候，阿公教孫子認識自己的故鄉，就說：「以前的人取地名是因爲在地有什麼特色，所以我們住的地方，就以這個特別的原因來取名字……。」

「卡早庄頭西南方，那裡因爲有墓園和放牛的地方，所以就叫作下牛埔；另一個地方在南屯溪畔，因爲有一棵巨大的楓樹，人人都稱楓樹腳；而沿著溪流往上走，在溪流大迴彎處，因有一個深潭，又有先人爲下游農田灌溉的需要，就築石岸爲堤，溪潭裡長滿蓮花的大水潭，那裡就叫蓮花埤；以前沿著五分車路往市區會經過半平厝，聽說是因大厝不知何故，只剩下一半；庄頭開基祖搬遷新居的地方，一直俗稱新厝；卡早旁邊沿著水圳的田埂路，因爲常有水牛路過，大家也都稱牛車路溝；還有一個地方因爲有一棵巨大的樹，非常醒目，大家都叫那所在做——樹仔腳；在過去那個庄頭叫作劉厝庄，因爲那個庄頭住的人，全部都姓劉……。」

被隔離在家門之外

太多在我們生活圈中耳熟能詳的地名，隨都市開發來臨，如今這一切，都看不見了，生活圈被眼前的一道似乎無止盡的工程圍牆擋住，老實說，深深覺得這是一種被隔離在家門之外的感覺，又像是在加護病房外等待的感覺……，看著圍牆上面，寫著的一排排的字一很熟悉，卻很諷刺……。

One World One Dream

唯有宏觀眼界、才能看見全世界。

良田變黃金，市地重劃它不再是夢想。

咱們的土地，咱們的新故鄉，靠咱們做伙來打拼。

世界接軌、世紀願景、打造文化、經濟、國際城。

市地重劃、促進土地整體開發利用價值，帶動地方整體發展。

領航國際舞台，時代城廓大胸懷，感謝單元地主支持共榮共利、共享國際商業。

深植住宅人本文化、宏觀全球化建築觸覺，堅持向世界開窗。

市地重劃，都市景觀「取舊代新」的城市改革。

每一個即將消失的角落

台中市民可以輕易地偷得浮生半日上大肚山，將這個自己成長的城市，細心地看個清楚，到底我們住在哪裡？我們到底來自哪裡？山頂上終於不用被圍牆阻擋我們的心靈視界，心想一個有國際觀的人，應該會樂於與別人分享自己城市的文化歷史，也應該會更加珍惜爲這份珍貴的文化資產，我們要努力記得現在一沿著高鐵、筏子溪、高速公路和環中路、那每一部挖土機正在開挖的地方，那每一個即將消失的角落……。

直到身後的暖意逐漸變涼，看著地上的身影，也由長變成微弱，直到消失在土地裡……，心才驚覺，這是一個失根和流浪的過程，城市熱鬧那裡是一間大的飼養場，高級的廠房是永遠不夠用的……。

我們想成爲一個有記憶的人，不想成爲一個被餵養記憶的飼料人。我們心愛的故鄉一台中，會是一個永遠長不大的城市嗎？這是土生土長在大肚山腳下春社社區金樹伯的心聲，九十九年二月台中市望高寮夜景公園啓用，園區有觀景平台、原木棧道，還有二百四十度超寬廣視野，晴天可遠眺南投縣境，入夜飽覽台中夜景，國道車流、高鐵飛馳，還有七期豪宅燈光秀，一眼望不完。

原本昏暗的大肚山望高寮山區，市府開闢出二・三公頃夜景公園，現場設置可容納五千人觀景席，還有戶外表演舞台，背景則是台中市城市夜景。夜景公園位於大肚山稜線，氣候晴朗時，往右遠眺可望見九份二山，往左可看見中山高三義爬坡路段，大台中盆地盡收眼底，川流國道車陣、飛馳高鐵列車，也清晰可數。

金樹伯說：「入夜後台中市燈火璀璨，沿著原木棧道漫步，國道路燈串聯，盞盞車燈閃爍，萬家燈火景象，還有高鐵呼嘯而過的光影，走到觀景平台，台中市區大廈林立視野盡頭，城市夜晚大放光明，這是台中難得世界級的景觀。」

關愛我們的土地

我們現在很重要！在台中城市這裡，慢慢地隨著時間，有更多的朋友來參與我們土地關懷行動。有一些人很特別，因爲他們想知道自己是誰？來自哪裡？又要走向何方？我們相信會思考這類問題而採取行動的人，都是很特別的，因爲追尋渴望的答案是很需要勇氣與耐性的，所以這些朋友都是人群裡僅有的珍貴少數。

在開啓這場冒險之旅前，我們很高興能來到有愛的地方並遇見這裡的朋友，特別是那些眼神表情專注和渴望新知的年輕夥伴們，我們不知能否爲妳的問題提供何種具有建設性和適切的答案，但是且讓我們一起對這些問題時，試著保持著一種開放和正向的態度，努力參與接下來我們一起在這裡和現在發生的事，這是九十九年五月十日下午，台中市原鄉文化協會總幹事江慶洲代表團隊在嶺東科技大學聖益樓二樓藝術中心「關愛我們的土地」策展引言辭。會這樣子說是因爲過去在這片土地上努力追尋時所得到的啓發……，大地總是在我們的汗水之後，預備了更多的驚奇！給予我們許多特別的機會，讓我們可以帶領同學們，一起在這個三百年的水碓❶歷史聚落土地上學習認識和體驗到更多，但也因爲經歷這個帶領同學的過程，讓我們思索著更多與更廣泛面向的問題，例如年輕人眞正需要的學習和知識是什麼？我們能提供何種的支持？並且激勵同學找到學習目標，慢慢地發現興趣、發展出獨立思考的能力……。坦白說，我們很同情同學們現在的處境，爲什麼大家始終找不到一件喜愛的事？一些自己願意花幾年或一段較長時間來投入的事？享受著因爲付出努力而收穫的喜悅，一種發現世界和自我肯定的快樂，而困擾我們內心眞正的問題，並不是下課後同學們既要打工賺生活費，內心卻又要擔心該如何應付功課、all pass的事，而是爲什麼和什麼原因，讓這麼多同學都只能這樣想、這樣做？

現在的妳……輕輕的像似天上一朶漂著的雲

總是隨著風走，風吹到那裡就到那裡，像現在我們都來到這裡了，心想邀請大家讓接下來的時間裡，醞釀一場屬於我們的風暴吧！

現在的妳……輕輕的像似天上的一隻鳥。

看輕盈的白鷺鷥在天上飛翔得很輕鬆的樣子，那雙白色的大翅眞令人羡慕，當靜靜地看燕子和老鷹飛翔的樣子，妳知道燕子爲什麼會在溪畔邊來回飛翔嗎？答案是牠們正在享用一頓蚊子大餐，午後一群鴿子練飛運動的模樣，也令人羡慕。

現在我們在一起，這裡就是我們的巢；覓食地，好似筏子溪或是山腳下那片豐收後的一片沃野農地，也或許這裡是一個……自己將停留和長大豐富的一個地方。說到地方，「這裡」已經說過很多次了！記得在一本書裡，某人曾說過一段頗具啓發性的話—「地方感」是一種更廣博意義上的擁抱人性，是進入更寬廣世界的通行證。

幾十年後我記得曾經來過這裡

我以駐校藝術家❷的身分在學校裡待了一年的時間，時間過得很快，一個禮拜當中會固定來學校，當我要走入學校前，我總會想一下這是哪裡？我來這裡做什麼？接下來會發生什麼有趣和特別的事？在現實的生活裡，我另一個身分是一位社區規劃師，因此我會有一種慣性的思維方式來看待生活裡的不同環境，這裡是如何形成和運作的，而我們的學校其實也是一個大社區，每一個系所和班級就像是地方或社區裡的姓氏家族和家庭，所以在我眼裡整個學校頓時變成是一個由生命樹所組合成的大森林，我遇見的每一位同學都是一棵棵小樹、一個個正在移動中的果實和種子……，這樣的想像在我腦海裡存留了許久的時間，而後也一直有個聲音逐漸變大——在這片土地上適合種植什麼呢？她現在所形成的生態環境豐富嗎？這個社區的特色是什麼？而生活在這裡的有哪些人與關係？他們彼此間會相互合作、尊重和關心自己歸屬的團體嗎？在這裡有發生什麼幸福、快樂的事呢？……

在這一年裡，離學校不遠的山腳下，那些默默安靜的圍牆內其實正在發生著許多大事！每一次我來學校時都會經過那道綠色的長長圍牆，妳是否還記得那圍牆內的風景？那裡有一大片綠油油的稻田，當在豐收季節來臨時，總會站立著幾個小小可愛又盡責的稻草人！而在不遠處也有著幾個可愛的古樸農庄和幾座三合院……。現在的我經過這片長籬總是會唸著圍籬上那些大字標語—咱們的土地咱們的新故鄉靠咱們一起來打拼！……

稻田、老樹、三合院聚落被剷平而消失了

我感覺到這些空氣裡瀰漫著土地和人們的不安，隨風揚起的沙塵漫過圍籬直撲身體而來。騎著機車與大工程車、汽車爭著僅剩一個車道的大馬路……冒著這般生命的危險，啊！想著我們到底要漂向何方？我有一位愛走路親近土地的好朋友，記得他曾對我說過：台中是一座「沒有記憶的市民，沒有歷史的城市」。他以步行的方式來體驗、認識這座城市和人民，並在自己的部落格裡分享著……他每一天踏實步伐裡的收穫。這些年來我與聚落土地親近的歷程裡，

留存著一種深刻的體悟—原生的大地沒有界限，生命的學習和探索該從離自己最近的地方開始。所以在此次的展場裡，我們做了一雙巨人的翅膀想送給這裡的朋友，希望我們從這裡起飛，並帶著渴望和冒險的心，勇敢跑向前方飛越這一道道長長的圍籬，鳥瞰這座城市並思索著……選擇相信自己是一個有力量的小巨人！輕輕的妳將勇敢飛向這片原生大地……。

土地開發中的滅庄之旅

您可以想像一個上百公頃的環境地貌改變，在一年、半年、一個月或短短一星期之間，視覺所見與腦海中的場景記憶是無法想像連結的窘況，而這些狀況接續在各地發生中，歸因台中市後期「整體開發地區」共有十四個開發單元，計畫規模共約一千三百九十四公頃，主要兼顧都市成長需求及土地所有權人權益，並活化後期發展區土地資源，擴大都市格局，及作爲中部科學工業園區的發展腹地，以「低密度、高品質」優質生活環境，吸引高科技人才消費、定居。

新庄仔位於南屯區五權西路旁，一年前，由五權西路進入新生北巷，第一間就是賴家義德堂古厝，在地鄉親都說這一棟最好，一定會推薦外來的朋友看，有別於聚落其它加蓋增建的建築，義德堂算是比較原貌的，隨著土地開發時間一天一天迫近，庄頭內很多傳統土塀厝[3]也一間間消失，與鄰近北方馬龍潭庄一樣，新庄仔聚落也是在第二單元黎明自辦重劃區的範圍內，這一年來就只有一團混亂在這兒之間，聚落正在被大開發的推土機分割剷平中。道路直接貫穿分割二百多年的老聚落，熟悉的巷道、老樹、古厝及稻田逐漸在消失，這兒的居民早已四分五裂散居在各地，世居在此已百年的族親，大伙也不知何時能再相聚在一塊談天說地；熟悉的巷弄也早已被磚瓦礫石所填沒；老樹、竹林是赤裸裸地被剷除，更不用說那兒有豐富生命之泉的水圳，也早已被填平在筆直道路底下。

離新庄仔主聚落群北側，一座正身護龍的三合院，廳堂為「慶昌堂」，當地人稱為新庄仔頂厝，入口處右邊佇立一棵台中市最大棵的南洋芒果樹，胸圍二米三，屋主何家後代一說到這棵芒果樹公，係由其父執輩何屘仔親植，樹齡有九十年，每年長出特大顆的奇特酸甜芒果，口感三分之二很酸，另一部分頭部三分之一卻很甘甜，每年盛產季都讓族親們大快朵頤一番，令人回味無窮。九十九年四月八日早上，巨大的怪手開始在慶昌堂虎邊揮舞著，何家後代表示，好好的祖厝，他們也捨不得搬離，但開發單位三番兩頭的造訪，時勢所逼最後也只好忍痛接受與祖厝分離的事實，就在怪手有效率地作業下，一間間護龍土埆厝就一一躺平，不到三天的作業天日，虎邊就成一堆廢土，徒留正廳及龍邊等待劏平的日子；不待月圓之日來臨，五月三日天破曉沒多久慶昌堂正廳就成平平而失散的土堆，這次更有效率地在短短二天龍邊也跟著全劏平，再一隔天，高聳的芒果樹公瞬間蒸發卻僅存一灘泥水。漫天砂塵下，回首一看，四處灰頭土臉，想想以前大戰亂下的場景應該也不過如此，時至今日再走到新生北巷，少數幾位居民仍困守老家，殘存的幾户人家，不知何時何日，眼睜睜的隔壁房厝也要平了，整個新庄仔眞的滅庄了！到處都是散落的土埆及破碎磚瓦，這也不過不到一年的時日，土地開發的腳步依然讓這個百年聚落難逃滅庄的命運。沿五權西路繞行，路旁的工廠像是被轟炸過一般，殘存哀豪在這個城市中，這是文化國際城必然該有的作爲？

都市發展中裂痕的生機

住在南屯區黎明路旁大樓的嶺東科大賴玲華老師說：「我就是因爲喜愛窗

外綠綠的整片稻田，才特地來到南屯買屋定居，從來沒想過，不到一年光景，綠田變成光禿禿的開發區。」當我們登上十三層頂樓往四周觀看，大地好似生病了，原本的綠林及水圳，都一一被剷除填平了，南風吹襲下，一波波砂塵被吹離地面，世居在此的人民，也早被迫搬離這塊熟悉的土地。啊！鄰近開發單元黎明社區的居民有沒受影響？「疏洪道變住宅區台中市民群起抗議最荒唐的重劃案」聳動的抗議標題，輕易吸引眾人的目光，這也立即激起受影響所在地居民意識，讓一條看似平凡的水溝，一夕間成爲全國新聞焦點，也讓人們漸漸了解這其間緣由。如果不是因土地重劃公司欲填平這條位於台中市區碩果僅存，蜿蜒穿過南屯市區的小溪，極少人知道這條小溪叫做「黎明溝」。這一條年年獲環保署評選爲「淨溪考核績優河川」的「溝」，從黎明路上的橋邊就可看到潺潺流水，再往前經過黎明國小和黎明國中，穿過辦公大樓林立的黎明新村，從干城街旁的綠地走上水泥河堤，讓人難以置信，台中市內還有如此清澈的水流，隨波蕩漾的水草，成群的游魚，還有佇立水中伺機而動的蒼鷺、小白鷺等，構成一幅自然生態豐富的風景。南屯黎明溝，去年因爲自辦市地重劃，差點被填平，後來經過地方極力爭取，決定保留四百公尺，仔細看溪水清澈，經常可見魚兒悠遊其中，還有夜鷺棲息，生態資源豐富；因此，當地黎明里長廖福田希望，能再爲黎明溝興建景觀橋，讓這處世外桃源的美景，被更多人看見。黎明里長廖福田表示，黎明溝上游源自麻園頭溪，下游排入筏子溪，是黎明社區及行政院黎明中部辦公室一萬二千户重要排水系統，但九十七年間市府卻爲了配合辦理黎明自辦市地重劃，核准廢除黎明溝，交由負責辦理重劃的富有公司，在未召開說明會的情況下，規劃爲住宅區及公共設施，不但破壞河川生態，未來恐將遇雨成災。上百位當地居民就在里長廖福田帶領下，扶老攜幼站上黎明溝河堤，拉起「美麗河川是全民共享資源，不是財團眼中金庫」抗議布條，市議員們也到場聲援，眾人高呼口號抗議，要市府重新評估，勿廢除黎明溝。目前大部分單元開發區的水圳溪流，幾乎被設計成與道路公共設施共構，依原規劃設計土地開發公司在辦理都市重劃要將黎明溝填平，當地居民十分恐慌，怨聲四起，急呼黎明溝在市民眼中絕非一般的一條小水溝，在黎明社區眼中是一條非常美麗的溪流，也是黎明社區生命之河。

經過地方極力爭取，市府決定保留四百公尺原有河道，在地居民也呼籲保有原有水源頭，讓這條溪流擁有源源不絕的溪水流，而對土地重劃公司而言，必須尋求都市計劃變更，整個開發時程亦受影響延遲。那事前規劃設計時，怎不預先考量呢？

水碓活聚落

我們經常會聽到一個假設性卻又發人深思的問題—如果你的生命只剩下三天，你將會如何利用並做哪些事情？面對都市計畫與大開發的許多老聚落，正也要思索和認眞地面對這個事實，時間壓力是非常的緊迫，除此之外還得面對許多複雜的延伸問題……，何種形式可以保有老聚落珍貴的無形資產，又不會影響其他人的利益？當老人家說著：對對對！把這些記錄下來，以後的子孫才會知道祖先和老家就在這裡，他們才不會忘記了！我們這一代人是用什麼樣的態度和方式來面對環境和土地？我們留給後代子孫到底是什麼？我們應該採取實際的行動來做好這些事，大地是我們的母親，她現在正痛得……哎不出聲音來！而這些眞實的事正也在南屯區的水碓聚落發生著……。

走進台中市水碓聚落，百年老樹綠意盎然，紅磚門樓、伙房橫屋，古樸景象歷歷在目，建築體說不上精典細緻，但卻見證著客家先民在台中市開墾生活的活歷史。在城市發展歷程中，水碓聚落試圖以在地居民思惟與在地力量作爲一些可能性，尤其在我們登高鳥瞰水碓聚落，遙想當代的農業聚落氛圍，會發現水碓設庄的祕密，進而讚歎先人們的智慧，秀麗的南屯溪蜿蜒流過這片廣瀚的沃土，庄園座落在中央山脈和大肚山的環抱中，先人們選擇在鄰近南屯溪轉彎處的北岸高地設庄，聚落整體以座北向南的建築方位，藉由建築格局展現出對於天地人觀念的敬重和推崇。

而至今日，水碓的崇遠居門樓，雖然經歷過許多風霜雨露和大地震的歲月洗禮，卻依然能屹立著，門樓上留著當初先人想永遠期勉後人的兩段話《崇振家聲菊松仍舊植、遠酬祖德輪奐喜重新》，當初這些字體是從大地中取材，將泥土錘鍊用心慢慢捏塑成的，我們和後代子孫不該遺忘這份共有的珍貴——我們是從這片泥土地裡長出來的！

這個類似翹翹板的木頭設施就是「水碓」，只有舂過米的人才能眞正了解先人智慧利用水力的省力設施，透過它讓人們輕易將糙米變成精米，別小看這根簡單的木頭，它可是在地居民千辛萬苦參與田調，因緣際會下，花費時日透過藝術家打造而成，目前台灣也很多地方以「水碓」爲地名，但眞正看過「水碓」設施的人卻少得可憐，換算一下「水碓」重見天日竟然是超過六十個年頭之後耶。睹物思情，想想三百年前（康熙四十九年）水碓開臺始祖劉源沂在現今台中南屯鎮平里八鄰設庄屯墾，至今也數十代了，來自福建省漳州府南靖縣板寮鄉頂寮村的劉姓家族，迄今仍保有公廳「繩繼堂」供奉其神位。

三百年來，水碓聚落仍維持舊有的生活型態，歷經聚落內部土地強制分割官司，到「台中市鎮南休閒專用計畫區」劃設，幾次面臨被劏平拆除的命運挑戰，也意外讓這個傳統聚落推行有別於其它地方的作法，九十一年底起，在地自發性地進行社區營造規劃，積極投入水碓聚落保存工作，經過多年的努力，終於在九十六年七月一日台中市政府先行以「公共設施綠地保存」的模式將水碓這個生活歷史聚落完整保存下來！在水碓轉變過程，我們看到一個都市永續發展的新契機，都市開發也能以新的思維來思考城市的發展，與環境和平相處，這樣的思考不會造成分配利益的緊張對峙，反而將創造出更多的價值。人文與自然融合恰到好處的公共空間，遠比以人爲主（或者以環境爲主）的空間更迷人、更幸福。

水碓的保存與永續～公共化的期待

面對著大台中的大開發，許多開發單元區內的老聚落和記憶，正在遭遇劃平消失的處境，這些動作在口號圍籬內，如火如荼地進行著，一直到今天，仍有許多聚落族親憂心忡忡：水碓眞的能保存下來嗎？面對不確定的未來，聚落內部自省力量正持續努力在政府徵收前，希望能募集更多的力量，一起來努力讓水碓聚落內——沒有一間祖先留給大家的房子會倒下去，沒有一棵老樹會被砍倒，沒有一塊農田會被蓋廠房……，面對現實利益的衝擊，大家只能勇敢面對無盡的挑戰。

源自土地裏心發現

這些年來，外在環境正在快速變化，在這個名爲都市重劃與開發的過程，正也同時是一場被迫遠離土地和故鄉的活動，這樣粗暴近利心態所行的開發過程，其所形成的傷害是永久性的，直接來說就是要用最快的速度用力推土機劃平一切……，所以這些年來水碓居民正在經歷和見證著一場場——古早聚落的滅庄計畫，面對許多的古庄、三合院大厝、水圳、老樹和一大片廣大的綠色田園正在消逝……，這些共同生活一輩子老朋友們，在領了折遷補償後散居各地，連下一次碰面也都不知在何時何地，如今挖土機推平了大家熟悉家園的記憶，再次走進開發單元的圍牆時，老家的生命記憶也都已經模糊了……。一次次無情的衝擊下，我們這一代人到底在做什麼？我們將會留給子孫到底是一場場災難？還是無價的財富資產？也因此我們覺得水碓聚落的保存和永續工作是別具意義和價值的，而到底又是什麼呢？

水碓庄頭古建築仍然佇立這塊土地、百年老樹守護水碓家園。在水碓聚落內，目前仍有半數以上的家屋是土墒厝，建築材料取自在地天然的卵石、竹子、稻草、米糠、土墒及瓦片。主體土墒取自鄰近稻田的泥土，夯實成型後成爲土墒，再予以堆砌成屋牆，和鋼筋水泥的房子不同的地方是這種土墒厝會呼吸，原因就在土墒牆的成份是泥土，會隨著外在環境的溼度和溫度做緩慢的調節，等到太陽下山後的晚上，屋外的氣溫下降變涼了，這時的屋內就保有相對的溫暖，這種感受在冬天時最爲明顯，所以自然家屋會「冬暖夏涼」，所有的秘密就在於泥土對於外在環境變化，具有緩慢交互作用的特性，而當家屋局部材料壞朽需要修繕時，幾乎所有替換的建材，又都可回收再利用或是回歸土地。天人合一的空間倫理，伙房厝讓大家共伙、共工、共同生活、共同分享，因而凝聚著家人與族親的情感，具有濃濃的家和故鄉的幸福味道。橫屋在聚落的分布也能展現族人的輩分關係，活像是一棵逐漸長大茁壯的生命樹。

大灶廚房暖暖心房

走進水碓自然家屋裏的大灶廚房，這是水碓聚落僅存七個大灶之一，每每爐灶的火燃起後，整個廚房就佈滿材香及料理香，當然也會看到一位滿頭大汗的人正在爲爐灶補充材火。卡早的年代，傍晚時分，大灶柴火升起，火旺啪裂聲作響，白色雲煙頓時繚繞，竄出窗外，此時廚房裡傳來木頭砧板上的切菜聲，先將蒜頭搗碎下鍋爆香，接著將新鮮空心菜放入熱鍋内快炒，脆耳滋滋聲後便飄來一陣陣誘人的開胃香味，巷尾燒菜街頭就能聞得到，接下來一道道傳統在地美味，都讓人垂涎三尺，這就是一種家鄉味。以前傳統女性負責炊煮：男性或其它家人則幫忙準備柴火，透過共同合作分工而完成家事和食物炊煮，暖飽一整個家族。這樣的食物飽足家人的胃外，也爲家族添加了滿滿的薪火情感，再加上人文慶典節日歡聚時，大灶口旁正説著許多情感與故事傳説，傾聽長輩們口中娓娓慢慢、生動地道出……，就一直發生在這個水碓活聚落中，讓人們心神嚮往。

私人產權中需「心」作為

在文化資產守護經驗上，一直以來，私人產業中的珍貴歷史文物建築，若人們無心保存或面臨經濟開發，常常造成很多憾事發生，所以在將來產權公共化前，因現今聚落土地房產仍是私人擁有，爲了能夠有更進一步作爲，「水碓守護園」奮力開設，對內不僅是爲凝聚在地居民的情感，讓在地居民眞正感受祖德美好，體認老房子和空間也是很美麗的，在用力敲掉水泥鋪面，讓天然雨露能再次滲入、滋養泥土，在短短的幾個月裡我們就看見許多奇妙的發生，先是一棵棵老樹的樹頭變粗變大，而今年的果實如芒果、蓮霧和龍眼也結果纍纍，連白頭翁也選在這裡養育下一代，一隅的小水塘在午後也會有斑鳩、麻雀、八哥來飲水洗澡，屋簷下這端阿公阿嬤也飲著茶水説著：樹頭若是站穩在，就不怕樹尾作風颱……。我們由衷希望能將「繩繼堂」後院這裡轉變成爲一個公共空間，讓更多遠來的朋友有機會深度參與，一起體驗水碓活聚落簡單生活的美好！

「水碓守護園」位於劉氏公廳正後院，傳統客家極重視此空間風水——化胎，為孕育萬物之一切事務以及承受天地大氣之地，已閒置荒廢數十年，藉由聚落的閒置空間再利用，將舊有閒置房舍修繕和調整空間機能，將古早的茅房改裝成現代化功能的衛浴和廁所，同時解決社區最缺乏的公廁設施問題，以最省錢和傳統方式整理、粉刷舊有的房屋，回復紅眠床及大總鋪、木製桌椅，再將廚房的大灶重新修復清理一番，又開墾了菜園，種植有機蔬菜。開闢出水碓「自然生活教室」和「自然家屋」，由衷希望城市中的孩子，有機會可以和同學們在自然中遊戲，也讓許多城市中一直忙碌於工作和家庭生活的爸爸、媽媽和阿公、阿嬤，有機會歡聚一堂，親近土地、體驗耕作，採收來自大自然的食物，親自在「大灶暖心廚房」烹煮料理，享受慢食的暖心原味。也期望藉由這些與城市市民互動的體驗過程裡，點點滴滴匯聚著更多守護水碓的力量，找到更多珍愛水碓活聚落的心住民。期待孩子們在這裡進行體驗教學，許多家庭能體驗到自然家屋，感受簡單生活的美好與價值，讓水碓活聚落土地上積累的珍貴生活文化資產，可以永遠傳承給我們的下一代！當我們看見伙房的煙囪一次次的冒煙時，內心裡也會同時湧起一縷縷昇華的希望喜悅！

目前在水碓活聚落也嘗試推行「住園藝術家機制」，希望邀請年輕一代、有志一同的好朋友們來這裡，可以花較多的時間和具體行動參與經營傳統公共領域，簡單說來就是在這裡生活，融入成爲這裡的心住民，我們大家一起分享、思考與討論——今天晚餐的菜色？明天和下個月大家想做什麼？活聚落該如何永續？未來的公共化準備工作有哪些？……，透過住園藝術家參與聚落生活的體驗後創作，提供另一種觀看和參與水碓聚落的可能性與趣味，希望在百年歷史的農業聚落中思考推行，可以調合傳統聚落和都會人的生活模式，或許文化產業是一個方向，進一步落實聚落公共化的效益。讓藝術家們實際體驗在地生活經驗，透過具體實在的美好生活記憶和內容開發，開創分享深厚的在地文化特色。目前進住的插畫藝術家，李昱亭，畢業於復興工商廣告設計科，他相信：生活中存在著互助合作的道理，年紀雖輕，但對創作卻很有想法。「我的畫裏人物沒有美醜之分，如此才得以凸顯描述人物各自的特色。」喜歡畫畫的李昱町說，他繪畫的特色就是以線條來代替上色，填充畫面的元素不單只有細細的小直線，還有葉子、草、空氣，以及豆苗，李昱町說：「這些小圖案都隸屬於自然，目的就是想讓讀者看插畫，也能擁有接觸大地時的放鬆心情。希望透過我在水碓聚落眞實生活感受，有所啓發融入作品，讓人體認並放寬心情。」

水碓守護力投入公共議題

二〇一〇年三月聚落東側南屯溪上的水碓橋拆除改建，早從一年前台中市政府委外設計，土木技師就與在地社區密集討論，因應南屯溪水現況瓶頸改善工程，設計師特別融入百年聚落人文歷史，考量劉氏公廳堂號「繩繼堂」一代傳承一代的意涵，市府在南屯溪新建水碓橋投資興建首座景觀協張橋，並採用傳統農務的麻繩融入景觀施作元素，結合百年歷史聚落的在地人文，水碓新橋不僅聯絡溪河兩岸交通，更是連結當代居民與歷史情感，是一座別具意義的「水碓心橋」。

都市開發的腳步不停歇，即將動工的第十三期土地重劃區內，環中路五段將擴寬爲八十米大道，影響所及水碓聚落北側十四棵樹木原本將依規移除，由於在地的守護力量，特別在規劃期間就商請設計單位考量百年歷史聚落特性，事先評估工程施作，除了主要交通道路動線上的樹木移植至臨近人行道植栽區內，其餘的樹木原地保存，工程單位事前提出樹木保存移植計畫，並針對歷史聚落北側道路界面融入設計，將工程對聚落影響衝擊減低至最少。

「心」體認實踐水碓活聚落

在過去這一年裡，努力敲掉地上冰冷密不透氣的水泥，並改以廢棄但有歷史的傳統紅磚塊來活鋪巷道，讓根埋其中的老樹能透一口氣，也讓水碓珍貴的土地能自由呼吸，接收到自然雨露的洗禮，大家傻傻地埋首敲擊水泥塊之後，發現許多深藏在水碓聚落土地裡的祕密和驚奇，也藉由「自然家屋」與「大灶暖心廚房」，持續開辦傳統飲食文化推廣，清明作草粿、端午綁粽、紅龜粿、夏季南屯特產蕗蕎湯製作、過新年的甜粿和蘿蔔粿製作……，簡樸的自然家屋也一次次熱絡許多遠來的朋友和家庭的人際關係，一切在地的生活，都企盼能再一次次親近土地，從泥土裡誕生「水碓活聚落」和更多珍愛水碓的「心住民」，期待這些努力能夠傳承先人文化，在「水碓」活聚落裡推行「水碓活」，將在這裡匯聚著努力和盼望：感謝天地大自然和這塊樸實的土地，感念祖先遺留給我們的珍貴的人文資產，水碓聚落永遠屬於願意守護她的人們，在未來的這片土地裡——長出來的永遠是希望。

註釋

❶ 水碓：水碓原指利用水流力量來舂米的農業生產機具，通常農夫會利用河水流過水車轉動輪軸，再撥動碓桿上下舂米，早期台灣許多地方便以此項農業特徵為地方取名，如新北市淡水區水碓里、五股區水碓村、台中市南屯區鎮平里水碓巷、雲林縣古坑鄉水碓村、彰化縣大村鄉美港村水碓等均是，這裡指的是江慶洲先生的故鄉台中市南屯區鎮平里水碓巷。

❷ 駐校藝術家：二〇〇九年六月十五日至二〇一〇年六月十四日，作者江慶洲先生應嶺東科技大學通識教育中心之聘，擔任嶺東科技大學地方文史類的駐校藝術家，除擔任專題講座外，更協助相關課程的協同教學與帶領地方文史田野調查工作。

❸ 土墢厝：台灣鄉村早期最常見用土塊堆成的房屋。為了防止龜裂，它的牆壁是選擇黏著性高的土壤，同時摻入稻稈、粗糠等加以夯實，使土墢裏的土壤間彼此的拉力強化，再以木模製成土磚，曬乾後會非常堅硬，缺點是怕水，所以通常表面會再加上一些保護層。

賞析

本文以設問的修辭技巧立題，運用了「輕輕我的妳」的詞句，表達水碓百年活聚落未受到適當地關懷與保護，面對都市開發的快速推展，正岌岌可危的境遇，而「要漂去那裡？」正是作者心中對水碓百年活聚落未來不確定命運的深層吶喊與呼喚，以設問之技巧立題，不僅容易吸引讀者的目光，更容易誘發讀者想像而帶動思維，加深讀者印象。

全文以平實的語調夾帶深沉的關懷娓娓道來，同時以醒目的標題前後貫串，如史詩般對故鄉往昔歷史的回顧中，夾雜現代都市開發對地方文化資產衝擊的憂慮，作者以夾敘夾議的敘事手法，沿歷史發展與現代文明衝突的脈絡述說，溫馨親切的回憶中蘊藏著激昂急切卻不失溫柔敦厚地批判，是報導文學尊重客觀事實描寫卻不失主觀熱情書寫的成功典型。

在後半段的眾多標題中，作者不斷多次重複一個「心」字，藉以暗喻世間許多事的成敗與否？不外是主其事者有心罷了，地方文化資產的保存與保護也不例外，作者長期從事地方文史紀錄，並擔任社區規劃師，文化資產守護經驗豐富，絕非一般純粹地熱情關懷者可比，故其所陳述的事件內容有血有肉，有情有理，所點出的「心」字，更是關鍵所在。

本文充滿了作者對故鄉水碓百年活聚落的關懷熱情，卻沒有激烈辛辣謾罵的用語，平實之中卻不乏理性批判的意味，字裡行間可看出作者企圖在情感與理智間尋求平衡點，追求一個都市永續發展的新契機，讓都市開發也能以新的思維來思考城市的發展，與環境和平相處，由文中作者許多的具體行動與作為來看，本文絕非僅是一篇報導文學作品而已，而是一個深具意義與價值的生命語錄。

問題與思考

一、你讀了〈輕輕我的妳～要漂去那裡？〉之後，你也想從事地方文史紀錄與文化資產守護工作嗎？為什麼？

二、水圳的田埂路、牛車路溝、輕盈的白鷺鷥、稻草人、隨波蕩漾的水草、三合院、土埆厝，哪一項事物最令你心動？

三、你曾看過百年老樹開花結果嗎？這象徵什麼意義？

四、你會參與水碓活聚落推行的「住園藝術家機制」嗎？為什麼？

五、你會參與「自然家屋」與「大灶暖心廚房」，開辦的傳統飲食文化推廣活動，清明作草粿、端午綁粽、紅龜粿、夏季南屯特產蕗蕎湯製作、過新年的甜粿和蘿蔔粿製作嗎？為什麼？

六、你讀了〈輕輕我的妳～要漂去那裡？〉之後，最讓你感受深刻的是什麼？

延伸閱讀

一、陳其南，〈歷史文化資產保存與地方社區產業發展〉，《歷史月刊》123，p14-21，民國1988年。

二、林美容，《鄉土史與村莊史——人類學者看地方》，臺北：臺原出版社，民國2000年9月初版。

三、許雪姬、林玉茹編，《五十年來臺灣方志成果評估與未來發展學術研討會論文集》，臺北：中央研究院臺灣史研究所籌備處，民國1999年5月出版。

胡仲權教授撰述

如果記憶像風

廖玉蕙

導讀

廖玉蕙（西元一九五〇～），台灣台中潭子區人。東吳大學中國文學博士。曾任《幼獅文藝》編輯、臺北教育大學語文與創作學系教授，並獲中國文藝協會文藝獎章、中山文藝創作獎、中興文藝獎章及吳魯芹文學獎。創作以散文為主，代表作有：《閒情》、《今生緣會》、《嫵媚》、《不信溫柔喚不回》、《如果記憶像風》、《五十歲的公主》、《對荒謬微笑》等。

〈如果記憶像風〉創作於一九九四年，廖玉蕙以女兒在國中校園遭受霸凌事件為書寫題材。霸凌是校園存在已久的問題，理應是和諧友善的學習空間，卻出現強凌弱、眾暴寡的行為。緣由在於有些孩子長期缺乏來自家庭的關愛與教導，有些則是家庭暴力的受害人，或者課業上無法得到肯定，學習成就低落，以致對學校產生疏離感。這些孩子遂以霸氣、暴力顯揚自我，用肢體、言語攻擊同學，以排擠、中傷他人宣洩情緒，性霸凌、網路霸凌更是時有所聞，有些受害者甚至轉為加害人。這些暴力行為造成校園不安與恐慌，變調的校園寧靜不再。

廖玉蕙沉痛地寫出女兒遭受霸凌的慘痛經歷，欺凌者是一群缺乏關注和溫暖的孩子，他們隨興的霸凌行為使校園蒙上暴力陰影；更讓受害者身心重創。這樣的傷痛往往無法在短時間內痊癒，暴力的陰影難以輕易隨風而逝。校園不該淪為暴力相向的場域，如何導正行為偏差的學生，還原一個免於恐懼的學習空間，透過閱讀本文，期能喚起社會對霸凌問題的重視。

文本

我的女兒上國中，除了學校課業不甚理想外，她開朗、乖巧、體貼且善解人意，我們雖然偶爾在思及「優勝劣敗」的慘烈升學殺伐時，略微有些擔心外，整體而言，我們對她相當滿意，尤其在聽到許多同輩談及他們的女兒如何成天如刺蝟般地和父母唱反調、鬧彆扭時，外子和我都不禁暗自慶幸。

去年暑假，考高中的兒子從學校領回了聯考成績單，母子倆正拿著報紙上登載的分數統計表，緊張地核算著可能考上的學校，女兒從學校的暑假輔導課放學，朝我們說：

「事情爆發了！」

女兒每天放學總是一放下書包便跟前跟後的和我報告學校見聞，相干的、不相干的。這時候，大夥兒可沒心情聽這些，我說：

「別吵！先自己去吃飯，我們正在找哥哥的學校。」

飯後，核算的工作終告一個段落，長久以來，因爲家有考生的緊繃情緒，總算得到釋放，我在書房裡和兒子談著新學校的種種，女兒又進來了，神色詭異地說：

「事情爆發了！老師要你去訓導處一趟。」

才剛放鬆下來的心情，在聽清楚這句話後，又緊張了起來。在印象中，要求家長到訓導處，絕非好事，我差點兒從椅子上跳起來，問：

「什麼事爆發了？爲什麼要去訓導處？」

女兒被我這急慌慌的表情給嚇著了，她小聲地說：

「我在學校被同學打了，那位打人的同學另外還打了別人，別人的家長告到學校去……反正，我們老師說請你到訓導處去一趟。你去了，就知道了啦！」

這下子，更讓我吃驚了！一向彬彬有禮且文弱的女兒，怎麼會捲入打架事件？又是什麼時候的事，怎麼從來沒聽她提起？我們怎麼也沒發現？

「是前一陣子，你到南京去開會的時候。有一天，我和爸爸一起在和式房間看書，爸爸看到我的腳上烏青好幾塊，問我怎麼搞的，我騙他說跌倒的，其實就是被同學打，我怕他擔心，沒敢說。」

「同學爲什麼要打你呢？你做了什麼事？」

「我也不知道！」

怎麼讓人給打了，還不知道原因。事有蹊蹺❶，當天傍晚，我在電話中和導師溝通，更震驚地發現，毆打不止一回，女兒共被打了四次。據導師說，這是群毆事件，領導者有三位，三位都是家庭有問題的女孩子。其中一位經常扮演唆使角色的R，與外婆同住，外婆當天被請到訓導處時，還拍案❷怒斥訓導人員污衊她的孫女。遭受不同程度威脅或毆打的女孩有數位，其中，以我的女兒最慘，十天之內，被痛打四回，導師希望我到訓導處備案，以利訓導作業。放下電話，我覺得自己的手微微發抖，我不知道，一向聒噪且和我無話不說的女兒，在我遠遊回來多日中，怎能忍住這麼殘酷悲痛的事件而不透露半點風聲。我因之確信她一定遭遇到極大的壓力，果然不出所料，在外子和我款款❸導引下，她痛哭失聲，說：

「K威脅我，如果我敢向老師和爸媽告狀，她會從高樓上把我推下去，讓我死得很難看！」

我聽了，毛骨悚然，女兒接著補充說：

「何況，我也怕爸、媽擔心。」

我止不住一陣心酸。平日見她溫順、講理，不容易和別人起衝突，也忽略了和她溝通類似的校園暴力的應變方法，總以爲這事不會臨到她頭上，沒想到溫和的小孩，反倒成了暴力者覬覦[4]的目標。而最讓人傷心的，莫過於沒讓小孩子對父母有足夠的信任。

和外子商量過後，我們決定暫緩去訓導處備案，因爲，除了增加彼此的仇視外，我們不太相信，對整個事件會有任何幫助，我們決定自力救濟。當然，這其中最重要的關鍵是我們都不認爲十三、四歲的孩子會眞的壞到哪裡去，多半是一時糊塗。尤其是知道這些孩子全是出自問題家庭，想來也是因爲缺乏關愛所致，亦不免讓人思之心疼。於是，我想法子找到了主事的三位學生中的兩位T、R學生的電話號碼，K同學並非女兒的同班同學，據云居無定所，且早在警局及感化院多次出入。

當我在電話中客氣地說明是同學家長後，接電話的R的祖母，隨即開始破口大罵訓導人員的無的放矢[5]，任意污衊，足足講了數分鐘，言辭之中充滿了敵意。我靜靜聆聽了許久後，才誠懇地告訴她，我並非前來指責她的孫女，只是想了解一下狀況，祖母猶豫了一會兒，大聲喝斥她的孫女說：

「人家的家長找到家裡來了啦！」

電話那頭傳來了模糊的聲音，似乎是女孩不肯接電話，祖母粗暴地說：

「沒關係啦！人家的媽媽很客氣的啦！」

小女孩自始至終否認曾動手打人，我原也無意強逼她認錯，只是讓她知道，家長已注意及此事，即使未親自參與毆鬥，每次都在一旁搖旗吶喊也是不該。

第二位的T在電話中振振有辭❻的說：

「她活該。爲什麼她功課不好，我功課也不好，可是，老師每次看到她都笑瞇瞇的，看到我卻板著臉孔，我就不服氣。」

如此的邏輯，著實教人啼笑皆非。我委婉的開導她：

「你如果看我女兒不順眼，可以不跟她一起玩；如果我女兒有任何不對的地方，你可以直接告訴她改進，或者告訴老師或我。不管如何，動手打人都不好，阿姨聽說了女兒挨打好心疼，換做是你挨揍，你爸媽是不是也很捨不得的呀！」

T倔強地回說：

「才不哪！我爸才不會心痛，我爸說，犯錯就該被狠揍一頓。」

後來，我才知道，T在家動輒挨打，她爸打起她來，毫不留情。當我在和兩位女孩以電話溝通時，女兒一旁緊張地屏息聆聽，不時地遞過小紙條提醒我：

「拜託！不要激怒她們，要不然我會很慘。」

我掛了電話，無言以對。

兩位女孩都接受了我的重託，答應我以後不但不再打女兒，而且還要善盡保護的責任。我相信這些半大不小的孩子是會信守承諾的，她們有她們的江湖道義，何況，確實也沒有什麼嫌隙。

事隔多日的一個中午，女兒形色倉皇[7]的跑回家來，說是那位神龍見首不見尾的K，在逃學多日後，穿著便服在校門口出現，並揚方言要再度修理女兒，幸賴T通風報信並掩護由校園後門逃出，才倖免於難。看著女兒因過度緊張而似乎縮小了一圈的臉，我不禁氣憤填膺[8]。這是什麼世界，學校如果不能保護學生的安全，還談什麼傳道、授業、解惑！

我撥電話到學校訓導處，訓導主任倒很積極，他說：「我剛才在校門口看到K，我再下去找找，找到人後，再回你電話。」

過了不到十分鐘，電話來了。我要求和K說話。我按捺住胸中怒火，K怯生生地叫「蔡媽媽」，我心腸立刻又軟了下來。這回，我不再問她爲什麼要打人了，我慢慢了解到這些頭角崢嶸⑨的苦悶小孩打人是不需要有什麼理由的，瞄一眼或碰一下都可以構成導火線。我問她：

「聽說，你一直沒到學校上課，大夥兒都到校，你一個人在外面閒逛，心裡不會慌慌的嗎？」

女孩兒低聲說：

「有時候會。」

「爲什麼不到學校和同學一起玩、一起讀書呢？

「我不喜歡上課。」

「那你喜歡什麼呢？……喜歡看小說嗎？」

「喜歡。」

我誠懇地和她說：

「阿姨家有很多散文、小說的，有空和我女兒一起來家裡玩，不要四處閒逛，有時候會碰到壞人的。」

女孩子乖乖地說了聲：「謝謝！」

我沉吟[10]了一會兒，終究沒提打人的事，嘆了口氣，掛了電話，眼淚流了一臉。是什麼樣的環境把孩子逼得四處爲家？是什麼樣的父母，忍心讓孩子流落街頭？我回頭遵照訓導主任的指示，叮嚀女兒：

「以後再有類似狀況，就跑到訓導處去，知道嗎？」

女兒委屈地說：

「你以爲我不想這樣做嗎？他們圍堵我，我根本去不了。」

過了幾天，兒子從母校的操場打球回來，邊擦汗邊告訴我：

「今天在學校打球時，身後有人高喊K的名字，我回頭看，遜斃了！又瘦又小，妹妹太沒用了，是我就跟她拚了。」

女兒不服氣地反駁說：

「你別看她瘦小，那雙眼睛瞪起人來，教人不寒而慄，好像要把人吃掉一樣，嚇死人哪！」

事情總算解決了，因爲據女兒說，從那以後，再沒人找過她麻煩，我們都鬆了口氣，慶幸漫天陰霾全開。

今年年初，時報舉辦兩岸三邊華文小說研討會，一連兩天，我在誠品藝文空間參與盛會。那夜，回到家，外子面露憂色說：

「很奇怪哦！女兒這個星期假日，成天埋首寫東西，畫著細細的格子，密密麻麻的，不知寫些什麼，不讓我看。」

夜深了，孩子快上床，我進到女兒房裡和她溝通，我問她是不是有什麼事要和我說，她起先說沒有，我說：

「我們不是說好了，我們之間沒有祕密嗎？」

女兒從書包裡掏出那些紙張，大約有五、六張之多，前後兩面都寫滿滿的，全是她做的噩夢和那回被打的經過，像是在警察局錄口供似的，我看了不禁淚如雨下，差點兒崩潰。原先以爲不過是小孩之間的情緒性發洩，沒想到是如此血淋淋的校園暴力。

女兒細細的小字寫著：

「第一次：那一天是星期五，十五班的K跑來，叫我放學後在校門口等她。下課後，她打扮得花枝招展在門口等我，還噴了香水。她把我騙到隔壁×× 國宅二樓，我才放下書包，一轉身，她就變了一個臉，兇狠地問我一個我聽不懂的問題，我還來不及回答，她就打了我好幾個耳光，我愣了一下，她打我？我眞是不敢相信？我和她無怨無仇，她爲什麼打我？我跟她扭打在一起，她拉我的頭髮，我扯她衣服，她抓住我的頭髮把我丟出去，我整個跪到地下，也就是所謂的『一敗塗地』，她把我從地上拉起來恐嚇我『你要是敢講出來，我就把你從樓上推下去』，我怕得要命，因爲氣喘病發，正喘著氣，突然從圍觀的人群中跑出來一個年約二十左右的女人對我吼：『你還喘！喘死啊』說完，又給我一個耳光，我整個人又跪到地上去。我因爲害怕，什麼都聽她的，出了國宅，我眞的忍不住哭了！我哭的原因是因爲我好膽小，而且我不甘心啊！我竟然就這樣傻傻地被她打！她還說我說話很ㄉㄧㄠˇ，ㄉㄧㄠˇ是什麼意思啊？我從來沒有這樣屈辱過，連爸媽都從來沒有打過我啊！她憑什麼打我？我恨死她了，我生平沒恨過什麼人，我發誓與她勢不兩立。」

「第二次：暑期輔導中午，K突然從校外跑來（她沒有參加輔導），約我去國宅十二樓talk talk，我很膽小，不敢反抗，只好乖乖地跟她去，一到十二樓，她就說：『上次你扯我衣服，害我整個曝光，你今天是要裸奔回去？還是被我打？』她看起來很生氣的樣子，我考慮了一下，就選擇挨打，她打人很奇特，不只是打臉，連後腦勺一起打，我被她打得臉熱辣辣的，腫得像豬頭皮似的，我實在痛得受不了了，請她等一下。我用手往牙齒一摸，手上都是血！她兇狠地說：『今天饒了你，算你走狗運！』走的時候，又恐嚇我不准講，要不然會死得很難看……」

「第三次：這一次本來是要找班上另一位同學的麻煩的，那位同學跑了，所以就找我，她們又問我一些莫名其妙的問題，問一句，揍我一下，這一次眞的很慘，T、K二人連打帶踢地弄得我全身是傷，膝蓋上一大塊青腳印，久久不消，這次，嘴巴又流了好多血，啊！我眞是沒用啊……」

「第四次：這次是在參觀資訊大樓時，T把我堵到廁所裡，又是拳打腳踢……」

「K：我到底是哪裡讓你看不順眼，爲什麼一定要動手打人呢？這樣你又有什麼好呢！這樣打人要是被……」

「有一天我夢到我當上了警察，我們組長要我去××國宅抓兩名通緝犯，一是K，一是T，我到××國宅時，果然看到她們又在打人，我立刻上前制止，乘機從背後將K的雙手反扣，交給同事帶回局裡；再轉身冷冷地朝T說：

『我這一次放你走，希望你改過，別讓我再抓住，不要讓我失望。』她問我：『你到底是誰？』我把證件拿給她看，她嚇了一跳，馬上向我下跪。……」

「前兩天我又夢到K，她完全失去了兇狠的眼神，變得脆弱不堪，我勸她：『回家去吧！再不回家，妳媽要得相思病了！』K問我是誰？我告訴她，我就是以前被她打三次的人，我勸她改過向善，並幫她找回了媽媽，她高興地流下了眼淚……」

「………」

我一邊看，一邊流淚，這才知道，我們的一念之仁是如何虧待了善良的女兒，那樣的暴行對她造成的傷害遠遠超過我們的想像，而那些施暴的孩子的行徑，著實可用「可恨」或「可惡」來形容，我必須慚愧的承認，如果我早知道那些孩子是如此殘忍地對待我的女兒！我是絕不會那樣委曲求全地去和行凶者打交道的，我也深信，沒有任何一個母親會加以容忍的，我是多麼對不起女兒呀！

可是，事隔半年，爲什麼會突然又舊事重提呢？

「不是答應過媽媽，把這件事徹底忘掉嗎？」

「最近考試，老師重新排位置，那兩位曾經打我的T、R同學，一位坐我左邊，一位坐我前面，我覺得好害怕！雖然她們已經不再打我了，可是，我想到以前的事，就忍不住發抖。……」

我摟著女兒，心裡好痛好痛，我安慰她：

「讓我去和老師商量，請老師調換一下位置好嗎？」

女兒全身肌肉緊縮，緊張地說：

「不要！到時候她們萬一知道了，我又倒楣了。我答應你不再害怕就是了！」

外子和我徹夜未眠，不知如何是好，女兒柔弱，無法保護自己，強硬的手段，恐怕只會給她帶來更大的傷害，我們第一次認眞地考慮到轉學問題。一連幾天，我打電話問了幾間私立教會學校，全說轉學得經過學科考試，篩選十分嚴格。想到女兒不甚理想的學科成績，只好怏怏然[11]打退堂鼓，上帝原來也要撿選智慧高的子民，全不理會柔弱善良的百姓。我在從學校回家的高速公路上，望著前面筆直坦蕩的公路，覺得前途茫茫，一時之間，悲不自勝，竟至涕泗滂沱[12]。

正當我們幾乎是心力交瘁時，女兒回來高興地報告：

「老師說，下禮拜又要重新排位置。媽媽不要再擔心了。……媽媽，眞是對不起。」

那夜，我終於背著女兒和導師聯絡，請她在重換位置時，注意一下，是不是能儘量避免讓他們坐在一塊兒。老師知道情況後連連抱歉，並答應儘快改進，臨掛電話前，導師說：

「你那女兒實在可愛，她一點也不記仇，上次班際拔河比賽，她拼命爲T加油，我一旁看著她喉嚨都喊啞了，臉紅嘟嘟的……我有時候上了一天課，好辛苦，偶爾上課時，朝她的方向望過去，她總不忘給我一個甜甜的笑容。蔡太太，你也是當老師的，應該會知道，那種窩心的感覺，當老師的快樂不就是這樣嗎？眞是讓人心疼的孩子！」

第二天傍晚，孩子放學回來，我聽從導師的建議，和女兒一塊到七樓陽台上把她寫的那些密密麻麻的紙條全燒光，希望這些不愉快的記憶隨著燒光的紙片兒灰飛煙滅。

紙片兒終於燒成灰燼！我轉過身拿掃把想清掃灰燼時，突然一陣風吹過來，把紙灰一古腦全吹上了天空，女兒惘然望著蒼天，幽幽地說：

「如果記憶像風就好了。」

記憶眞的會像風嗎？

註釋

❶蹊蹺：音ㄒㄧ ㄑㄧㄠ。怪異而違背常情。

❷拍案：用手拍桌子，一種情緒激動的表現。

❸款款：徐緩的樣子。

❹覬覦：音ㄐㄧˋ ㄩˊ。希望得到不該擁有的東西。

❺無的放矢：比喻毫無事實根據而胡亂的指責、攻擊別人。

❻振振有辭：自以為有理，說個不停的樣子。

❼倉皇：恐懼慌亂的樣子。

❽氣憤填膺：胸中充滿憤怒，形容極度生氣。

❾頭角崢嶸：本意是形容一個人才華洋溢，能力出衆，此處則隱喻為以暴力彰顯自我，引人注目者。

❿沉吟：遲疑猶豫。

⓫怏怏然：不快樂、不滿意的樣子。怏，音ㄧㄤˋ。

⓬涕泗滂沱：鼻涕眼淚流得像下大雨一樣，形容哭得很傷心。

賞析

〈如果記憶像風〉是個帶有詩意的題目，但敘寫的卻是一段不願回顧，盼望能如風一般消逝的校園霸凌記憶。

起初女兒一句「事情爆發了！」並沒有引起母親太大的注意，因為怎麼也想不到開朗、乖巧、體貼且善解人意的孩子，竟成為校園暴力的受害者。由意想不到至震驚不捨，投射出母親內心巨大的衝擊。既驚且痛的父母想到的不是懲戒施暴者，而是如何保護孩子不再受傷害。面對霸凌者先釋出善意，了解他們施暴的原因，動之以情，說之以理，將敵意導向善意，期能化解暴力，給孩子一個無懼的學習空間。

文中對於霸凌者有怨怒也有悲憫。正值青春期的孩子，叛逆的心沒有被溫暖的愛收留，課業上無法得到肯定，於是以暴力來突顯自我的存在，用拳腳來對付看不順眼的人。倘若只有管教而缺乏溫暖的撫慰、良善的引導，徘徊歧路的生命無法得到救贖，終將成為社會的隱憂。

成長歲月遭到霸凌，往往成為心中難以癒合的傷口。事隔半年，女兒猶不斷做噩夢，回想被拳打腳踢的慘況，尤其被老師安排與昔日的施暴者相鄰而坐，更喚起內心深深的恐懼，於是以書寫記錄傷痕，字字血淚寫出校園暴力的殘酷。書寫傷痕的紙條終於燒成灰燼，隨風而逝，然而受傷的心靈卻不易癒合。一句「如果記憶像風就好了」，期望可怕的記憶能像風一樣消逝無蹤，道出了霸凌受害者要揮別心中的暴力陰影是如何的不容易。

廖玉蕙擅長以幽默之筆寫生活經驗與世態人情，但本文看不到其慣有的詼諧，而是以沉痛的心情書寫女兒遭受霸凌的始末。全篇不說理，然敘事動人、以情入理，喚起讀者關注校園霸凌問題。

問題與思考

一、請探討校園霸凌形成的原因，並分享一個印象最深刻的霸凌事件。

二、本文中，霸凌者為何會產生偏差行為？受害者為了不讓父母擔心，且懼怕霸凌者的報復而選擇屈服和隱瞞，你對此有何看法？如果你處於同樣的狀況，你會怎麼做？作者得知女兒遭受霸凌後的處理方式有何優點？你認同她的處理方式嗎？為什麼？

三、校園的人際關係，最讓你困擾的是什麼？你是否曾受到傷害或傷害他人？請詳述事情的經過，並談談回顧此事的感想。

四、書寫是一種療治傷痛的方式，你是否有難以釋懷的心靈故事？請試著把它寫出來。

延伸閱讀

一、廖玉蕙，《廖玉蕙精選集》，臺北：九歌出版社，2002。

二、侯文詠，《危險心靈》，臺北：皇冠出版社，2003。

三、湊佳苗（日），《告白》，時報文化出版。

四、廖玉蕙的Facebook，網址：http://www.facebook.com/LiaoYH

魏美玲教授撰述

伍、詩歌傳誦與樂章解讀

兩漢魏晉樂府・古詩選

唐詩選

宋詞選

〈金縷曲〉二首

兩漢魏晉樂府・古詩選

導讀

詩歌的起源與音樂

詩歌的起源，據《尚書・虞書》云：「詩言志，歌永言，聲依永，律和聲。」《毛詩・大序》亦云：「情動於中，而形於言；言之不足，故嗟歎之；嗟歎之不足，故永歌之；永歌之不足，不知手之舞之，足之蹈之也。」

故所謂「詩」，就是心中蓄積了某些情感，而欲以言語表達於外；平常言語不足以宣泄情感，於是便拉長聲音嗟歎；嗟歎仍嫌不足，便唱起歌來。「永歌」正是詩歌的形成，故詩歌與音樂，自古以來，便有著密不可分的關係。而「手舞足蹈」本為加強情感的宣泄，後來就發展成舞蹈和戲劇了。

中國詩歌發源於黃河流域，其地平原田野一望無際，少有重巒疊嶂、沼澤湖泊之美；故民風淳樸務實，文學質樸而寫實：《詩經》即取材於日常生活的現實文學，多為周代人民集體創作、傳唱的民歌，經王官採集彙編，供天子觀各地的民情風俗與為政得失。

兩漢樂府與音樂

據《漢書．禮樂志》所載，漢初已有沿襲周秦樂官的「樂府令」，掌祭祀宴飲用樂之職。漢武帝成立「樂府官署」，採集民間歌謠與文人詩頌入樂，供朝廷祭祀宴享之用，後人乃稱「樂府」所用的詩歌為「樂府詩」。故「樂府詩」原是可倚聲而歌的歌詞，亦稱為「樂府古辭」。

兩漢樂府內容極為廣泛，有描述戰爭、歌詠愛情、摹寫平民生活者，其情感之真摯、生命之悸動，往往血淚交織，撼動人心。而其所使用之文字，則俚俗、質樸而生動，繼承《詩經》寫實主義的手法，真實地反應出人民的喜怒悲歡，極具文學價值。可惜哀帝裁撤「樂府」，使西漢古辭大量亡佚；今所存者，多為東漢民歌。宋郭茂倩《樂府詩集》保存歷代樂府歌辭與後世擬作，並依樂曲性質詳加分類，並探其源流，居功甚偉。而史書之樂志或音樂志、政書之樂略等，亦對樂府民歌之保存，多有貢獻。

五言古詩的興起

古詩原為文人敘事、抒情的文學體裁，故與音樂較無直接關係。歷來有四言、五言、七言、雜言等體例。四言沿於詩經；五言起於兩漢；七言成熟於曹丕〈燕歌行〉；雜言則受樂府影響。五言古詩為漢代流行的詩歌體裁，東漢時期樂府民歌盛行五言，影響所及，五言詩也神速發展。因而西漢尚在醞釀期的五言詩，到了東漢始告成立。至於五言詩的完全成熟，則有待東漢後期。

東漢後期天下大亂，內有外戚、宦官之爭，外有黃巾、黑山之亂，加以連年饑荒、瘟疫橫行，人民家破人亡、妻離子散。故東漢末年的五言詩，往往字字血淚，句句深情，充分反映政治紊亂、民生亂離的社會現象。然而古詩常以含蓄溫婉、平淺質樸的文詞，表現深厚的情感與豐富的意涵；因此不若樂府民歌那樣的露骨、率直。

至於七言詩體雖成立於曹丕，卻大盛於唐朝。大致說來，七言較易表達激越奔放的情感，因此也特別受到唐代邊塞詩派的青睞。

本課所選的兩漢樂府與魏晉古詩

本課所選的樂府古辭〈上邪〉，收錄於里仁書局出版的郭茂倩《樂府詩集．鼓吹曲辭》中，是一首海誓山盟的情歌。〈隴頭歌辭〉則收於同書《橫吹曲辭．梁鼓角橫吹曲》中；梁啟超考證其為漢朝樂府，當無疑問。此詩應是漢代窮兵黷武，人民流離失所的亂離詩。

〈七哀〉是漢末樂府新題。本詩為東漢末年董卓餘孽為禍長安時，王粲（西元一七七～二一七）棄國離家，沿途所見所感的亂離詩。王粲是建安七子之冠冕，長於詩賦，善寄哀思。〈七哀詩〉與〈登樓賦〉，是其代表作。

〈移居〉為晉末陶潛（西元三六五～四二七）守拙歸田後六年的隱逸詩。陶潛字淵明，晉末劉宋初人。曾祖父陶侃為東晉開國元勳，晚年功成身退，解甲歸田。陶潛深受祖風影響，自幼熱愛山林，不喜世俗。八歲父親亡故，家道中落。以胸懷濟世之志，從二十九歲起，斷斷續續出仕，卻屢因官場黑暗而退隱，每次官齡都很短。四十一歲最後一次出仕時，只做了八十五天的彭澤令，即以「不為五斗米折腰」而棄職，賦〈歸去來辭〉以明志。此後過了二十三年的田園隱逸生活，生活困窘，卻安貧樂道。最後貧病交迫而終，卒後朋友私諡「靖節」。

陶淵明是中國文學史上第一位田園隱逸詩人，心境恬澹、風骨素淨；因此詩歌中充滿寧靜祥和的自然意境。辭淡意遠、自然高曠的詩風，令人回味無窮。

文本

(一)〈上邪〉

上邪❶！我欲與君相知，長命❷無絕衰。山無陵、江水爲竭❸、冬雷震震、夏雨雪、天地合：乃敢與君絕❹！

(二)〈隴頭歌辭三曲〉

隴頭❺流水，流離山下。念吾一身，飄然曠野。
朝發欣城，暮宿隴頭。寒不能語，舌卷入喉。
隴頭流水，鳴聲幽咽❻。遙望秦川❼，心肝斷絕。

(三)〈七哀詩〉　王粲

西京❽亂無象❾，豺虎❿方遘患⓫。復棄中國⓬去，委身⓭適⓮荊蠻⓯。

親戚對我悲，朋友相追攀[16]。出門何所見？白骨蔽平原。
路有饑婦人，抱子棄草間。顧聞號泣聲，揮涕獨不還。
「未知身死處，何能兩相完[17]？」
驅馬棄之去，不忍聽此言。南登霸陵[18]岸[19]，回首望長安。
悟彼下泉[20]人，喟然[21]傷心肝！

(四)〈移居〉二首之一

陶潛

昔欲居南村，非爲卜其宅[22]；
聞多素心人[23]，樂與數晨夕。
懷此頗有年，今日從茲役[24]。
弊廬何必廣，取足蔽床席。
鄰曲[25]時時來，抗言[26]談在昔[27]；
奇文共欣賞，疑義相與析。

註釋

❶上邪：邪，音ㄧㄝˊ，驚嘆詞。上邪，呼天而歎之意。
❷長命：命，令、使也。長命，使永久之意。
❸竭：音ㄐㄧㄝˊ，乾涸。
❹絕：斷絕情誼。
❺隴頭流水：隴山在今陝西隴縣西北，至甘肅清水縣東北一帶，綿亙陝甘邊境，山勢崎嶇高峻，曲折難行，是渭河平原與隴西高原的分水嶺。上有清泉四注而下，即隴頭水。
❻幽咽：咽，音ㄧㄝˋ。幽咽，聲音悽婉。
❼秦川：即樊川，在長安縣南，秦嶺之下。此處泛指長安一帶，當是詩中征夫的故鄉。
❽西京：東漢以洛陽為京城，西京則指長安。
❾亂無象：形容極亂不堪。
❿豺虎：此指董卓部下李傕、郭汜等人。
⓫遘患：作亂。
⓬中國：指中原地區。
⓭委身：託身，寄身。
⓮適：往。
⓯荊蠻：指荊州。古代南方開發較晚，故稱為蠻。
⓰追攀：從後攀扯，不捨分離之意。
⓱兩相完：兩人都能保全，即兩人都能存活之意。
⓲霸陵：漢文帝陵墓所在，在長安城東。
⓳岸：高地。
⓴下泉：《詩經．曹風．下泉》，乃亂世思治之作。
㉑喟然：嘆息貌。
㉒卜宅：卜宅第吉凶，即看風水、選吉宅之意。
㉓素心人：指心性純樸恬淡之士。
㉔役：勞作，此指遷居之事。
㉕鄰曲：鄰人，鄰居。鄰，鄰近。曲，鄉僻。鄰曲，僻居鄉野的鄰居。
㉖抗言：高談闊論之意。
㉗在昔：往事，此指古人的高風亮節等事蹟。

賞析

(一)〈上邪〉為《漢鐃歌十八曲》之一，屬樂府「鼓吹曲辭」。鐃歌本為軍樂，然今傳十八曲內容龐雜，敘戰陣、紀祥瑞、表武功、寫愛情者皆有。本詩即是一首戀人海誓山盟的情歌。

詩以響落天外的筆勢，指天發誓，直吐真言。首三句正面表白，充滿女子對愛情的渴慕與執著。其情思之濃烈，似鬱積已久，竟至令她無法承載的地步，而自然迸發出如黃河決堤般呼天而歎的表明心跡。後六句反面立誓，將自然界不可能發生的五種現象設為前提，仿如海枯石爛、天地傾絕等情境，作為「與君絕」的條件；明示「終不可絕」的堅貞剛烈。因而女子激切奔放的愛戀，猶澎湃洶湧的長江大河，浩浩蕩蕩，難以止息。

全詩渾樸率真，一氣呵成；情感熱烈浪漫，至誠堅貞，動人心紘。

(二)這三曲古樸的四言樂府歌辭，宋郭茂倩《樂府詩集》編之入北朝「梁鼓角橫吹曲」。然其中的第三曲亦載於《三秦記》，其書成書於魏晉之前；而其詩的四言句式與比興手法頗類詩經，當去周不遠，故梁啟超考證其為漢代樂府。觀其內容，當是漢朝度隴赴邊的征夫之歌。

第一曲以流離四散的隴頭流水起興，興起感時傷亂、行役流離、飄泊荒野、流落異鄉的悲苦情懷。曠野寂寥，風煙蒼茫，征夫渺小無依，遭人驅遣飄零，蕭瑟淒楚之感，油然而生。

第二曲以一日的跋涉，描繪北國酷寒、餐風露宿的艱辛。羈旅困頓，自更加深了飄泊的愁緒。窮山惡水，陡峭難行：入夜奇寒，苦不能言。「舌卷入喉」，真是衣不足以禦寒的生動描繪。

第三曲更以幽咽的隴頭水聲感懷，遊子登高望遠，遙望故鄉，鄉愁愁人，黯然神傷。臨風踟躕，想到生死難料、返鄉無期，不由得步履蹣跚，而肝腸寸斷了。

《樂府詩集．橫吹曲辭一》以「隴頭」為題的西漢古辭已亡佚，後世擬作共二十四首，皆成客流離望鄉之歌。「其五」錄「隴頭」古辭二首共六曲，歷來亦認為是行役悲歌，此三曲即其中之一。

先民自有征戍以來，流離失所、望鄉難歸的沉痛，乃是普遍的悲情。兩漢尤以西北邊防（匈奴、西域），為永無止境的噩夢。長年征戰，生死無常，行役荒野，苦不堪言。征夫輾轉流戍，飄泊無根，思家之慟，痛徹肝腸。戰爭帶給庶民的災難、憂懼與絕望，又豈止慘烈悲壯的沙場戰役而已！

本詩文字質樸，情意纏綿，真情流露，不假藻飾，幽怨悲切，哀傷感人。清新飄緲的風格，令人低迴不已。

㈢「七哀」是漢末樂府新題，王粲先後作了三首，此為其一。內容描述亂離途中所見，而以慘絕人寰的「母棄子」為大時代的縮影，令人悲感萬端，不忍卒睹。

漢末董卓挾獻帝遷長安，因其為人殘暴不仁、荼毒百姓，而遭王允、呂布誅除。而其餘孽李傕、郭汜誅滅王允，復相互攻伐，長安遂陷入亂局。詩人痛心於繁華京都淪為禽獸屠場，欲棄國避亂荊州，依附劉表。親舊不捨，追攀車轅；亂世的生離死別，讓人哀感不已。

出了長安城門，映入眼簾的，竟是「白骨蔽平原」：大亂死傷無數，令人怵目驚心。然而死者已矣，生者又如何呢？詩人聚焦於「饑婦棄子」一幕：飢寒交迫的母親，竟把懷中稚子拋棄在草叢中，而不顧稚子的號泣，揮淚離去；她的狠心，竟以「自身生死未卜，如何保全孩子」的獨白，表達了亂世人民流離失所的悲哀與愴痛。

策馬離開哀鴻遍野的長安城後，詩人登上霸陵，追慕漢文帝嘉惠於民的寬簡德政。他回首望長安，突然領悟到《詩經．曹風．下泉》作者的心境：亂亟思治，正是天下苦難蒼生的共同心願。而「饑婦棄子」的一幕，成為令詩人「喟然傷心」的一幕，也是大時代的亂離最讓人傷感的一幕。詩人的悲歌，為漢末的亂世，留下歷史的見證。影響所及，唐代詩史杜甫的「三吏、三別」，不是另一番感時傷亂、跌宕蒼涼的史筆嗎！

(四)

隱逸詩是陶潛詩作中，意境最高遠、氣韻最悠邈的作品。詩多以田園之景或隱居之情發端，兼以賦比興的高妙手法，將敘事、寫景、抒情、詠志與所悟之哲理，融合點化，成為渾然天成、逸趣盎然的藝境。這種恬適自足、怡然自得的清雅高趣，於這首經典名作中，見其梗概。

義熙四年（西元四〇八）他四十四歲時，上京家宅遭祝融之災，一貧如洗的他，只好舉家暫居船上。二年後（西元四一〇），他努力攢下的微薄積蓄，使他如願購得破舊的茅屋，得以移居潯陽城郊的南村，於是作〈移居〉二首以抒懷。這首「非宅是卜，惟鄰是卜」的詩作，點出詩人多年的心願——「里仁為美」。他之所以遷居南村，正是因為那兒民風純樸，有許多心性恬淡之士，令詩人一心嚮往與他們朝夕相處、「共數晨夕」的生活。這些「素心人」並非一般漁樵農夫，而是能與他「抗言談古」、「奇文共賞」、「疑義相析」的高士。此時詩人終於達成移居南村的宿願，因而對新居的簡陋、狹窄毫不介意，只要能容下一床一席，就心滿意足了。詩末果然不失所望，高鄰時相往來，論古談今，賞奇析疑，足以盡歡。隱士們的比鄰之樂，活脫脫地躍動於文字之間。

詩人一生安貧樂道、曠達不群。詩中勉強棲身、足蔽床席的新居，他不但甘之如飴，且樂在其中。一如顏回「一簞食，一瓢飲，在陋巷，人不堪其憂，回也不改其樂」的恬淡性情，實無二致。其人品的高蹈、灑脫，令人景仰、佩服；其詩品之真純與雅韻，亦於本詩中得到生動具體的呈現。

問題與思考

一、請問你對「海誓山盟」的愛情，看法如何？

二、請問你讀東漢末年的「亂離詩」，有何感觸？

三、請問你對王粲〈七哀詩〉中，婦人「抱子棄草間」的看法如何？

四、孔子說：「里仁為美」（《論語・里仁篇》），晏子也說：「非宅是卜，惟鄰是卜。」（《左傳・昭公三年》）試分析好鄰居對生活的重要性。

五、請問你對顏回「一簞食，一瓢飲，在陋巷，人不堪其憂，回也不改其樂」的淡泊生活，有何看法？（《論語・雍也篇》）

延伸閱讀

一、《樂府詩鑒賞辭典》，中國：中舟古籍出版社。
二、《漢魏六朝詩鑒賞辭典》，中國：上海辭書出版社。
三、張春榮著，《公無渡河——樂府詩精華賞析》，臺北：聯亞出版社。
四、李正治著，《煙波千里——古體詩精華賞析》，臺北：聯亞出版社。
五、蔡英俊著，《愛恨生死——中國古典詩歌中的生命》，臺北：故鄉出版社。
六、蔡英俊著，《興亡千古事——中國古典詩歌中的歷史》，臺北：故鄉出版社。
七、李正治著，《神州血淚行——中國古典詩歌中的亂離》，臺北：故鄉出版社。
八、陳幸蕙著，《采菊東籬下——中國古典詩歌中的田園》，臺北：故鄉出版社。

錢昭萍教授撰述

唐詩選

導讀

近體詩的興起與唐代音樂的變革

中國古代的傳統音樂，以鐘、磬、鼓等打擊樂器為主，重節奏，所以合樂的詩歌，以四言居多，如《詩經》。

漢魏樂府採集民間歌謠與文人詩頌，徒歌作曲以入樂，故形式較活潑，有四言、五言、七言、雜言等體例。南朝齊梁小樂府，則有若干按譜製調的小曲，如〈江南弄〉等。但上述兩種樂府古調至唐皆亡佚，故與唐代新興文體，並無音樂傳承的關係。唯南朝文士以四聲、平仄相互搭配，產生抑揚頓挫的聲韻之美，則直接影響唐代近體詩格律的形成。

晉永嘉之亂以後，胡樂不斷地傳入中原，至隋唐而臻極盛。與異國之音淵源頗深的新興文學，是唐朝的近體詩，即律詩與絕句。近體詩可倚聲而歌，故重格律；因其可配樂歌唱，故後人稱之為「聲詩」。

漢唐古體詩的發展

古詩經兩漢的醞釀，五、七言體相繼成立。漢末魏晉，五言成為詩壇主流。七言則遲至唐朝，始為文人恣意馳騁、抒發各種生命情調的文體。

唐詩興盛的原因

唐朝在中國文學史上，是一個光輝燦爛的時代，其詩歌發展之蓬勃，可謂盛況空前。形式方面，無論古體、律絕，五言、七言，體制完備而臻全盛。內容之廣泛，更是派別林立、思潮澎湃，呈現萬花競放的榮景。推究其原因，上有帝王之雅愛與提倡，下有科舉取士之影響；而宮中之梨園、教坊，市井之秦樓楚館，莫不競唱聲詩，以為娛樂；影響所及，販夫走卒、僧道尼娼，莫不抒情寫意、唱和吟詠：詩歌不再是少數文人的專利，而成為社會普遍的文學體裁。加以四言、五言古體詩的由盛而衰，七言古詩、五七律絕的新興與發展，世人的創作情懷，莫不集中於斯：唐詩璀璨而不朽的成就，正是歷史文化與社會大眾共同激盪出來的光華。

唐詩的分期與分類

㈠初唐

1.承襲南朝——初唐四傑：王勃、楊炯、盧照鄰、駱賓王。
確定格律——沈佺期、宋之問（華豔靡麗）。

2.復古——陳子昂、張九齡（漢魏風骨）。

3.禪詩——王梵志、寒山、拾得。

(二)盛唐

1.詩仙——李白。

2.詩聖——杜甫。

3.自然詩派——王維、孟浩然。

4.邊塞詩派——岑參、高適、王昌齡、王之渙、王翰。

(三)中唐

1.社會寫實詩派——白居易、元稹。

2.山水田園詩派——韋應物、柳宗元。

3.奇險派——韓愈、孟郊、賈島。

(四)晚唐

1.唯美愛情詩派——杜牧、李商隱。

古體詩與近體詩之異同

(一)句數

1.古體詩——不限句數。

2.近體詩——絕句四句、律詩八句、八句以上為排律。

(二) 字數

1. 古體詩——每句不限字數，有四言、五言、七言、雜言等。
2. 近體詩——只有五言、七言兩種。

(三) 格律

1. 古體詩——無格律。
2. 近體詩——每個字都講求平仄，但一三五不論，二四六分明。律詩的三、四句和五、六句兩兩相對，是為對仗。「平仄」與「對仗」，是近體詩的格律。

(四) 押韻

1. 古體詩——只講求自然聲韻，韻相近者可通押，亦可中途換韻。
2. 近體詩——嚴格區分韻部，不可通押，亦不可中途換韻。

本課所選的唐詩與詩人

〈宣州謝脁樓餞別校書叔雲〉為盛唐大詩人李白（西元七〇一～七六二）的抒懷名篇。李白是玄宗時代最受榮寵的詩人，曾於沉香亭應詔為楊貴妃寫詩，而留下膾炙人口的〈清平調〉三首流傳世間；但亦因詩文得罪貴妃而自放江湖。白才華橫溢，浪漫復古，以清新率真、抒情寫志。

就體裁言，古詩、絕句最佳，對律詩的格律束縛，則棄而不顧。就題材言，詠懷、詠史、遊仙、哲理、田園、山水、飲酒、宮體等無所不包，可謂集漢、魏、六朝之大成。就風格言，因個性任真豪邁，情感熱烈奔放，故詩風雄健豪放、清新俊逸、淡遠恬靜，無不具備，實為一多方面之天才。

〈羌村〉為盛唐大詩人杜甫（西元七一二～七七〇）歷經安史之亂，逃京返家的寫實之作。杜甫深懷儒家「人饑己饑、人溺己溺」的博愛胸懷，天寶年間鑒於君臣荒淫驕奢、長年開邊動武，以致民生凋敝、民怨四起，而作〈兵車行〉、〈麗人行〉，以陳諷諫之意。安史之亂，更眼見戰爭慘酷、生靈塗炭，故而興起正義的怒吼，披露大時代的亂離，寫成『三吏』（〈新安吏〉、〈潼關吏〉、〈石壕吏〉）、『三別』（〈新婚別〉、〈垂老別〉、〈無家別〉）等不朽之史詩，為唐代由盛而衰的大亂，留下了歷史的見證，世稱「詩史」、「詩聖」。

〈從軍行〉為盛唐詩人王昌齡（西元六九八？～七五六？）的邊塞名作。王昌齡不護細行，故數遭貶謫；並曾遠赴西北邊地。擅長七絕，以邊塞、宮怨詩著稱。其邊塞詩意境開闊，情感深沉，有縱橫古今的氣魄。其宮闈、閨怨詩，深情幽怨，細膩清新，亦多傳世名作。

〈錦瑟〉為晚唐詩人李商隱（西元八一二～八五八）回顧一生淒美愛情的抒懷名篇。李商隱生逢晚唐黨爭最劇烈的時代，因一場短暫的政治婚姻，而備受黨爭的傾軋，宦途坎坷，愛情也屢遭挫折。於是他在種種矛盾的環境下，寫了許多曲折晦澀的情詩，以表達內心的苦悶。他的情詩深情、纏綿、綺麗、惟美，常取名〈無題〉，後人便把「無題」作為愛情詩的別稱。其文字音韻典雅工麗，然好用典故，寄寓深微，又過度修飾詞藻，使詩歌流於晦澀難懂。

文本

(一)宣州謝朓樓餞別校書叔雲　七言古詩

李白

棄我去者，昨日之日不可留；
亂我心者、今日之日多煩憂。
長風萬里送秋雁，對此可以酣❶高樓。
蓬萊❷文章建安骨❸，中間❹小謝❺又清發❻。
俱懷逸興❼壯思飛，欲上青天攬明月。
抽刀斷水水更流，舉杯銷愁愁更愁。
人生在世不稱意❽，明朝散髮弄扁舟❾。

(二)羌村　三首之一　五言古詩

杜甫

崢嶸❿赤雲西，日腳下平地。柴門⓫鳥雀噪，歸客千里至。
妻孥⓬怪我在，驚定⓭還拭淚。世亂遭飄蕩，生還偶然遂⓮。
鄰人滿牆頭，感嘆亦歔欷⓯。夜闌⓰更秉燭，相對如夢寐。

(三) 從軍行　七言絕句　王昌齡

青海⑰長雲暗雪山⑱，孤城遙望玉門關⑲。
黃沙百戰穿⑳金甲，不破樓蘭㉑終不還。

(四) 錦瑟　七言律詩　李商隱

錦瑟㉒無端㉓五十絃，一絃一柱㉔思華年㉕。
莊生曉夢迷蝴蝶㉖，望帝春心託杜鵑㉗。
滄海月明珠有淚㉘，藍田日暖玉生煙㉙。
此情㉚可待成追憶，只是當時已惘然㉛。

註釋

❶ 酣：ㄏㄢ，暢飲。
❷ 蓬萊：唐秘書省之別稱。
❸ 建安風骨：即建安詩歌雄偉的氣魄。
❹ 中間：座中。
❺ 小謝：南朝齊詩人謝朓。
❻ 清發：清新發越。
❼ 逸興：奔逸的興致。
❽ 不稱意：不能稱心如意。

❾扁舟：扁，音ㄆㄧㄢ。扁舟，小船。

❿崢嶸：高峻貌，引伸為突出。

⓫柴門：以柴為門，示樸陋之意。

⓬孥：ㄋㄨˊ，妻子兒女的總稱。

⓭驚定：錯愕的情緒稍稍平復。

⓮遂：ㄙㄨㄟˋ，成，滿足其志。

⓯歔欷：ㄒㄩ ㄒㄧ，悲泣氣咽而抽息。

⓰夜闌：夜深。

⓱青海：漢為西羌之地，唐時吐蕃盤據於此。大將軍哥舒翰曾在此建立神威軍。

⓲雪山：指祁連山，在青海、甘肅邊界。《漢書》記載：祁連山「在張掖、酒泉二界上。」

⓳玉門關：甘肅西北部、河西走廊西端的酒泉郡，轄敦煌、玉門二縣：東鄰張掖，南接青海，西鄰新疆，北與內蒙古交界；漢長城邊陲的玉門關與陽關，一北一南，均在此地，是中原通西域的重要關隘。今酒泉市所轄敦煌、玉門，已升格為縣級市。

⓴穿：蝕透。

㉑樓蘭：漢西域國名，後改名鄯善國，在今新疆省境內。

㉒錦瑟：琴緣雕鏤、彩繪精美的瑟。

㉓無端：無緣無故。

㉔柱：架琴絃的琴橋，亦稱雁柱。

㉕華年：美好的青春歲月。

㉖莊生曉夢迷蝴蝶：莊周夢蝶，周與蝶孰真孰幻，令他困惑迷惘：喻人生如夢之感。

㉗望帝春心託杜鵑：周末蜀王杜宇，禪位而國亡身死，傳說精魂化為暮春啼血的杜鵑鳥。

㉘滄海月明珠有淚：回憶悲哀的往事，如滄海月明下的珠光淚影。

㉙藍田日暖玉生煙：回憶歡樂的往事，如藍田日暖，玉氣生煙。

㉚此情：昔日悲歡之情。

㉛惘然：迷惘、悵然若失貌。

賞析

(一)南朝謝朓為齊宣州太守時，郡治後有一高齋，名曰「北樓」。謝朓常飲於此，故人稱「謝公樓」。天寶末年，李白在此為友人李雲餞別，因賦此詩。

全詩不敘場景、不談餞別，直抒胸中鬱結，反映出天寶朝政日益腐敗，與詩人境遇日趨困窘所造成的精神苦悶，及一發難抑的情緒宣洩。時光流逝，人生繁華盛景的不再；與失意潦倒，眼前送別友人的黯然，糾結成詩人煩亂悵惘的情懷。然逢此秋高氣爽的季節，面對遼闊無盡的壯麗景色，暢飲高樓的豪情逸興，因個性的放曠，油然而生。而後筆鋒一轉，超越時空，將送別行人的文才，與風格剛健遒勁的曹氏父子相比；而座中的自己，則與清新發越的南朝詩人謝朓相類：藉此分寫主客，拉抬詩興、酒興，豪氣干雲，飛騰天際。然而明月何其皎潔，理想何其高遠！思緒飄邈，意興飛揚；末了回歸現實，反而令人更深刻地感受到理想與現實的矛盾與衝突。那深化了的愁苦，不堪負荷；詩人不免興起歸隱江湖，不問世事的遁世情懷。

李白才氣縱橫，性情疏狂。本詩藉餞別以抒懷，下筆雄健奔放，跌宕開闔，自成波瀾壯闊的氣勢，與浪漫率性的生命情調。可謂筆力曲折，渾然天成。

(二)身受儒家倫理思想薰陶的杜甫，戀家、愛家。然因科舉落第，沒錢返家，曾留落京師數年。適逢安史之亂，復受困京城二年；作〈春望〉，以抒發國破思家之痛。其後杜甫亡走鳳翔，投奔肅宗；後回家省親，作〈羌村三首〉，寫與妻兒重逢的情景，其一即是此詩。

亂世的飄泊離散，是世人普遍的悲哀。盲奔於生死邊緣的百姓，孰能逆料命運的走向！至德二年，杜甫自安祿山竊據的長安城逃出，在一日鄉村暮晚的場景下，亡命返家。他數年的杳無音訊與突然出現，引起了家鄉村落極大的震撼：家人驚訝於他的生還，感動、感慨，更甚於乍見相逢的喜悅與歡愉；鄰人的濃情關懷，由牆頭圍觀的動容，化為各自思親的喟歎、憂慮與悲傷。夜深人靜後夫婦的獨處，竟如夢似幻、恍如隔世！詩人細膩生動的情感描繪，躍然紙上。

杜甫深具悲憫之心，關懷國計民生與社會大眾，故於安史之亂前後，將百姓的流離之苦與悲慘見聞，口誅筆伐，寫成可歌可泣的詩篇，流傳後世。影響所及，中唐受其精神感召，而紹繼其德業之作，即著名的社會寫實詩派。

(三)

這首悲壯豪邁的邊塞詩，表現的是鎮守邊地的蒼涼，和征人堅忍不拔的愛國情操。詩以一望無際的濃雲、昏暗的雪山啟首，點出邊地遼闊蒼茫的空間背景，為戍邊的孤城，鋪陳出一股戰地沉鬱、肅殺的特殊氣氛。戍防的邊城，孤寂渺小，它坐落在遙遠的青甘邊界，與西北的玉門關遙遙相望。這「遙望」二字，是望向塞外：當指出征前的眺望，隱然為破敵的雄心埋下伏筆。在滾滾黃沙的古戰場上，將士們早已身經百戰，金甲磨穿，可見戰事的激烈、冗長。然而悠悠的邊地歲月，並未銷蝕戰士們的英勇鬥志；大漠風沙的焠煉，使征人對自身職責的認知更加肯定，也使扞衛家國的意志更加堅定：「若不破敵弭亂，誓不還鄉」的豪壯情懷，道盡了熱血男兒從軍報國的干雲氣魄，與保家衛國的壯志雄心。全詩竟在沉鬱、愁慘的戰地氛圍下，激盪出堅貞報國、堅毅不拔的忠勇情操，令人興起無限感動、敬佩之情！

唐代邊塞詩拓展了詩的內涵與讀者的視野：邊地特有的無垠大漠、漫天風沙、連綿冰雪、羌笛胡笳……。然而一片衰草孤城中，最撼動人心的，是白髮征夫的思鄉之淚，是馬革裹屍、以死報國的悲壯情懷。這首寥寥數字的邊塞絕句，以放達的豪語作結，一筆帶過出征前的沉鬱、愁慘，勵志之意，可謂孤詣宏旨，獨運匠心了！

(四)

這是李商隱惜往傷逝的一首名詩，詩中撲朔迷離的記憶片斷，如殘夢，似煙雲。宦途的乖舛，與情感的缺憾，令詩人無法坦然面對人生。只能以晦澀的彩筆，渲染出惟美卻不知所云的意境，以排解不堪回首的抑鬱情懷。本詩是詩人一生的詮釋，亦為其隱曲沉鬱、淒迷絢麗詩風的代表作。

詩以文人雅愛的瑟，聲調哀怨悽惋啟首：年近半百的垂暮才子，寄情絃柱之間，清惻音符的流動跳躍，觸動了塵封已久的心靈。記憶的寶盒突被開啟，一幕幕花樣年華的悲悲喜喜，再度搬上記憶的舞台，詩人不由自主地咀嚼著它的芳香甜美，與苦澀辛酸。人生有如飄緲的夢境，虛實難辨，讓人迷惘。日子就在無數的悔恨與無奈間流逝，即使魂夢化為啼血杜鵑，亦喚不回生命的春天。

前塵往事，如夢似幻：悲的如月華下的珠淚，淒美動人；喜的像日影中的玉氣，溫暖窩心。然而這一段段的情感，不堪擷取，只能追憶；宿命的無奈，令人徒增迷惘、惆悵啊！全詩就在意到筆隨的意識流中，回顧了詩人一生的情感。然以其自身政治處境之尷尬艱難，與每段情事之不堪告人，使文字陷入隱曲難解的迷霧中。

金人元好問〈論詩絕句〉云：「望帝春心託杜鵑，佳人錦瑟怨華年。詩家總愛西崑好，獨恨無人作鄭箋。」義山詩常如話頭，令人參不透；又似懸案，讓人理不清。然而其惟美的化境，仍讓人味之無窮。

問題與思考

一、請問你對李白「藉酒澆愁」的人生態度，看法如何？

二、請問你讀杜甫〈羌村〉詩，有何感觸？

三、請問你對唐代「邊塞詩」的瞭解有多少？試舉三首絕句為例。

四、請問你對晚唐「惟美情詩」的瞭解有多少？試舉李商隱的律詩二首為例。

五、請問你對「古體詩與近體詩」的瞭解有多少？試舉古詩與律絕各一首為例。

延伸閱讀

一、《唐詩鑑賞辭典》，中國：上海辭書出版社。

二、李正治著，《煙波千里——古體詩精華賞析》，臺北：聯亞出版社。

三、簡錦松著，《築室松下——律詩精華賞析》，臺北：聯亞出版社。

四、李瑞騰著，《水晶簾捲——絕句精華賞析》，臺北：聯亞出版社。

五、張夢機等選註，《江南江北——唐詩》，臺北：時報文化出版公司。

六、顏崑陽選註，《平林新月——詩選》，臺北：時報文化出版公司。

七、顏崑陽作，《喜怒哀樂——中國古典詩歌中的情緒》，臺北：故鄉出版社。

八、何寄澎作，《落日照大旗——中國古典詩歌中的邊塞》，臺北：故鄉出版社。

宋詞選

導讀

曲子詞的興起與唐代音樂的變革

唐代與西域交流頻繁，大量引進胡樂，以簫、笛、胡琴、琵琶等樂聲悠揚的樂器為主，旋律曲折優美。影響所及，可倚聲而歌的近體詩興起，發展成有格律的「聲詩」。爾後字數固定的詩，已不敷合樂而唱的特性，因而審音合律、按譜填詞的新興文體——「詞」，應運而生。

詞是配樂的歌詞，所以它的發展，與時尚流行的音樂密切相關。《舊唐書．音樂志》云：「自開元以來，歌者雜用胡夷里巷之曲。」唐代音樂受到胡樂與民間音樂的影響，產生變革，新興音樂盛極一時，常用於宴會，稱為「宴樂」或「燕樂」。配合宴樂的歌詞，就是「曲子詞」，或稱為「詞」。

詞的另一起源，是同受這類新興音樂影響而興起的文體——近體詩，尤其是絕句。絕句是可以配合聲律歌唱的詩歌。但其格律固定，與樂曲配合不易，於是以添泛聲（即虛聲、散聲）、和聲來補救；並重疊絕句以合樂，免除絕句簡短單調的毛病。後人進而倚聲製詞，泛聲、和聲都填實字，五七言詩，就變成了長短句。唐代音樂的變革，同時發展出近體詩與曲子詞，前者於初盛唐即受到文人的青睞而大放異彩；後者卻沉潛於民間，直至中晚唐才有士子嘗試耕耘，至五代、兩宋，始發展成主流文學之文體。

詞體簡介

(一) 詞的起源

綜上所述，詞源於：(1)「燕樂」——宴會酒令、小調之樂詞，(2)「聲詩」——合樂而歌的律詩與絕句。而其催生的音樂，即胡樂與里巷小曲。

(二) 詞的名稱

「詞」是古典詩歌的一種體裁，興起於唐，盛行於五代、兩宋，本是合樂而唱的歌詞，最初稱為「曲子詞」。音樂部分，簡稱為「曲」或「曲子」；文辭部分，簡稱為「詞」。詞之異名尚有：樂府、長短句、詩餘。

(三) 詞的特點

詞最初是配樂歌唱的歌詞，其後由於文人的喜愛與參與，詞的文學性得到重視，於是成為獨立而具有特殊形式的詩歌體裁。其特點有：

每首詞都有其音樂性的詞調，如〈菩薩蠻〉、〈蝶戀花〉、〈水調歌頭〉等，每個詞調都是「調有定句，句有定字，字有定聲」，詞人須遵照詞調之規定，按譜填詞。

詞須依樂曲的分段而分片，一片即一段；詞以兩片者居多，分稱上片、下片。

詞為了諧律、動聽，不僅字要分平仄，而且還要分四聲。因此，填詞要審音用字，以文字的聲調，配合樂曲的曲調。

不同詞調的押韻位置不盡相同，每個詞調都有它固定的格律。

(四) 詞的體製

就字數多寡而言：詞有小令、中調、長調之分。明清學者一般界定五十八字以下為小令，九十字以下為中調，九十一字以上為長調。

就分段情形而言：詞有單調、雙調、三疊、四疊之別。詞一首稱一闋，「闋」乃樂曲的意思。詞依樂曲分段，不依詞意分段。唐宋樂曲大致可分為一段、兩段、三段、四段，因此詞調也有單調、雙調、三疊、四疊，而以雙調居多，單調次之。

(五) 詞的發展

民間詞起源於初、盛唐，文人詞則始於中唐，盛於晚唐。唐末五代詞，依地域分為西蜀、南唐兩大詞鄉。西蜀詞以溫庭筠、韋莊為代表。南唐詞則以後主李煜，及宰相馮延巳為大家。

詞至北宋更加興盛，成為文學主流。北宋詞家前期當推專工小令的晏殊、歐陽修，與晏殊之子晏幾道；而柳永大量製作長調，使詞在形式上得到發展，功不可沒。後期蘇軾擴充詞的題材，使詞在內容上跳出綺麗的窠臼，亦頗有貢獻。蘇軾重視內容而不重格律，後人稱為「豪放派」。相對於審音創調、謀篇鍛字的周邦彥，則被視為「格律派」。此外秦觀、賀鑄，為「婉約派」大家。北宋末代詞人李清照南渡喪夫後的作品，悲涼淒楚，哀感至深，是歷史上最知名的女詞人。

宋室南渡，詞人面對國破家亡，亟思恢復，作品慷慨激昂，悲憤蒼涼，陸游、辛棄疾為大家。其詞風近蘇，轉豪放而為豪壯。宋金議和後，歌舞昇平，詞人又襲格律作風，審音琢句，姜夔、吳文英為大家。

詞經兩宋盛極而後漸衰，曲的興起，使文人才華多往新興文體發展；因而金元明三代的詞家，鮮能超越前人，可稱述者僅元好問、劉基而已。清代為我國文學的復古期，詞作相當可觀：朱彝尊、陳維崧、納蘭性德、王國維等，都值得重視。

宋詞的分期與分類

(一) 北宋前期

1. 令詞——范仲淹、晏殊、歐陽修、晏幾道（承襲五代、多為雅詞）。
2. 慢詞——張先、柳永（拓展長調、雅俗兼之）。

(二) 北宋後期

1. 豪放派——蘇軾、黃庭堅。
2. 婉約派——秦觀、賀鑄、李清照。
3. 格律派——周邦彥。

(三) 南宋前期

1. 豪壯派——朱敦儒、岳飛、陸游、辛棄疾、劉過。
2. 高蹈派——陳與義、葉夢得。

(四) 南宋後期

1. 豪壯派——劉克莊。
2. 格律派——姜夔、史達祖、吳文英。
3. 亡國哀音——周密、王沂孫、蔣捷、張炎、文天祥。

本課所選的宋詞與詞人

〈玉樓春〉為北宋前期大詞人歐陽修（西元一〇〇七～一〇七二）餞別戀人的傷情小令。歐陽修為北宋初期名臣，耿介正直，不慕榮利，曠達自適；因支持大政治家范仲淹的革新運動，為權貴所忌，屢遭貶謫。外放時期，勤於政事；公餘之暇，寄情山水詩文，有〈醉翁亭記〉、〈豐樂亭記〉等名篇傳世。晚年擢升朝廷大員，政績卓著。修博通群書，曾編修《新五代史》、《新唐書》；詩文亦有極高成就，為一代文宗。紹繼唐韓愈所倡「文以載道」的古文運動，而成為宋代古文大家之第一人。文章情韻天成，詩歌詞淡意遠，詞風溫柔婉約、細膩深刻，為宋初詞壇大家。喜獎掖後進，三蘇父子、曾鞏等，皆賴其薦引以顯。

〈蝶戀花〉為北宋前期大詞人柳永（西元九八七？～一〇五三？）思遠懷人的情詞。柳永通曉音律，好遊狹邪，恣意放蕩，縱情歌樓酒肆之間，故喜作艷詞。傾畢生之力，專工詞作；大量製作長調，使慢詞取得與令詞並峙的地位，乃詞體轉變之一大功臣。詞分雅俗二類：雅詞善於用六朝小品文賦作法，熔敘事、寫景、抒情、議論於一爐，層層鋪敘，情景交融，纏綿悱惻，感人至深；俚詞襲五代淫詖風習，吸收民間流傳之口語、俚語，以白描手法，反映里巷市民之愛情生活；大膽香豔，風靡一時。時人云：「凡有井水飲處，即能歌柳詞」，足見其詞受歡迎的程度。

但其俗詞過於卑俗暴露，有失雅正，而為士大夫所不齒。

〈定風波〉為北宋中期大詞人蘇軾（西元一〇三七～一一〇一）的抒懷名作。蘇軾是北宋中期名臣兼最著名的文學家。早歲因天資卓絕，才氣縱橫，每以文字諧談開罪於人。中年因反對王安石新法，數遭貶謫，歷經憂患，命途乖舛，其人格情感卻得到焠煉，而日趨明淨圓熟。此後英華內歛，心境漸趨曠達灑脫，故能超拔於現實悲苦，以順處逆，常保高尚情操。貶黃州時，因築室於東坡，自號東坡居士。

軾秉性忠愛，才華絕出；書畫、詩詞、文章，均成就獨詣。與父洵、弟轍，皆長於古文，同列唐宋古文八大家，並稱「三蘇」。其膾炙人口的作品，有〈前、後赤壁賦〉。

蘇軾對詞體之發展別有貢獻：

1. 使詞與音樂分離：蘇軾才高過人，樹立豪放飄逸的風格。刻意將詞脫離音樂桎梏，使詞不再是燕樂歌曲的附庸，而建立詞體獨立的文學生命。

2. 以詩爲詞，擴大詞的題材：使詞跳出昔日刻紅剪翠的窠臼，如詩之無所不寫，因而詞的格局、意境、風骨，均得到拓展與提升。故東坡對詞的革新運動，居功甚偉。其詞分「豪放高曠」、「清麗韶秀」二類；蓋以其才氣縱橫，下筆或磅礴奇逸，或清新雋秀，不可以「豪放」、「婉約」概括之。南宋諸家受其影響忒深。

〈武陵春〉是李清照（西元一〇八四～一一五五？）寄身世之慨的傷春小令。清照號易安居士，出身詩書世家。適宰相之子趙明誠為妻，夫妻樂金石書畫不疲，婚姻幸福。北宋亡時，夫婦避難江南；不久夫逝，清照四十六歲，無子女，孑然一身，東飄西泊；金石書畫，亡失殆盡。晚年依其弟度日。

清照擅長白描、口語，以書寫生命中的悲歡血淚，形成婉約而兼曠逸的「易安體」。生平可分前後兩期，以北宋滅亡為界，時清照四十四歲。前期生活美滿，詞風清麗柔美，多寫閨情瑣事與小別相思。後期國破家亡，歷盡顛沛流離之苦，詞亦淒楚沉鬱，多抒孤苦無依之飄零身世，哀感至深：被尊為婉約之詞宗，是文學史上最知名的女詞人。

文本

(一)玉樓春　歐陽修

尊❶前擬❷把歸期說，欲語春容先慘咽❸。
人生自是有情癡，此恨不關風與月。
離歌且莫翻新闋❹，一曲能教腸寸結❺。
直須❻看盡洛城花，始共春風容易別。

(二)蝶戀花　柳永

佇❼倚危樓❽風細細。望極春愁，黯黯生天際。
草色煙光殘照裏，無言誰會憑闌意。

擬把疏狂[9]圖一醉；對酒當歌，強樂[10]還無味。
衣帶漸寬[11]終不悔，爲伊消得[12]人憔悴[13]。

(三)定風波

蘇軾

△三月七日沙湖道中遇雨，雨具先去[14]，同行皆狼狽，余獨不覺；已而遂晴，故作此。

莫聽穿林打葉聲，何妨吟嘯且徐行。
竹杖芒鞋[15]輕勝馬，誰怕？一簑煙雨任平生。
料峭[16]春風吹酒醒，微冷，山頭斜照卻相迎。
回首向來蕭瑟[17]處，歸去，也無風雨也無晴。

(四)武陵春

李清照

風住塵香[18]花已盡，日晚[19]倦梳頭。
物是人非事事休，欲語淚先流。
聞說雙溪[20]春尚好，也擬泛輕舟。

只恐雙溪舴艋舟㉑，載不動、許多愁。

註釋

❶尊：同樽；酒杯。
❷擬：ㄋㄧˇ，打算。
❸慘咽：咽，音ㄧㄝˋ。慘咽，悲悽哽咽。
❹闋：ㄑㄩㄝˋ，曲調，亦是計算歌、詞、曲的單位。
❺腸寸結：腸子寸寸打結，形容極度悲痛。
❻直須：只要，直到。
❼佇：ㄓㄨˋ，站立。
❽危樓：高樓。
❾疏狂：狂放不羈的心態。
❿強樂：強，音ㄑㄧㄤˇ。強樂，勉強尋歡作樂。
⓫衣帶漸寬：日形消瘦，因而衣帶逐漸寬鬆。
⓬消得：值得。
⓭憔悴：枯槁瘦病的樣子。
⓮雨具先去：雨具先讓僕人拿回去。
⓯芒鞋：即草鞋。
⓰料峭：風冷的樣子。
⓱蕭瑟：風雨瑟縮之意。
⓲塵香：塵土裏落花的香氣。
⓳日晚：日上三竿之意。
⓴雙溪：浙江金華城南之名勝；匯合了東陽、永康二水，故名雙溪。
㉑舴艋舟：舴艋，音ㄗㄜˊ ㄇㄥˇ。舴艋舟，小船。

賞析

(一)

北宋名臣歐陽修，德業文章，均有極高的成就。然而情感生活層面，卻往往寄託於溫婉小詞，其詞對愛情深曲的掌握，忒為突出。這一方面展現他對人生美好情愫的賞愛，另一方面也表達了他對深情的苦楚，寄予無限的同情。這首〈玉樓春〉，正是這類小詞的代表作。

本詞以餞別至愛為主題，融敘事與說理，關照深情與癡心的普遍悲哀。上片「尊前擬把歸期說」的憐惜和不忍，細膩地刻畫出相愛之深，與離別之難捨。然而「欲語春容先慘咽」的力謀寬解不成，已然將女子一往情深與情緒崩潰的癡態，和盤托出。「人生自是有情癡，此恨不關風與月」，面對此情此景，詞人竟跳開主觀的情癡與離恨，作客觀的議論與推理：表面上將癡戀的情愫，推至普遍的人性；然而既是普遍的人性使然，那麼想跳脫這份悲情，又談何容易？因而這樣的一番推理，更深化了情癡和離恨，竟使人陷入無法自拔的哀愁裏。

下片離歌一遍遍地翻新重唱，離人亦隨之不斷地哀傷嘆息：這磨人的苦楚，讓人情何以堪呢？「且莫」二字，正表達了心靈的不堪負荷。最後詞人再度跳入議論，借花與春風為喻，虛擬勘破之道：或許直到遍嚐人生的悲歡離合，才能看破情癡，與情人從容道別。然而有限的個體生命，如何能遍載無窮的人生體驗？「情癡」之難以勘破，已昭然若揭，不言自喻。那麼眼前的離恨之難以跳脫，即成為心頭至真、至愛而難以割捨的情執了。

歐詞以溫柔婉約的傷情小令見長，這首書寫離愁別緒的情詞，將情人的癡心、癡戀與癡態，婉轉鮮活地呈現。這種個別而普遍的情愫與表現手法，動人心絃，無疑已引起廣泛的共鳴，而深深打動了千古以來讀者憐惜真情的心靈。

(二) 柳永是個懷才不遇，羈旅飄零，縱情聲色，耽溺歌酒的風流才子。其詞多自身之生活剪影與心情寫照，因而多抒風流戀情與離愁別緒。這首情思雋永的雅詞小令，即思遠懷人的佳作。

上片「獨倚危樓」，領略微風細細吹拂的滋味，展現了詞人的孤獨與易感的心靈。極目遠眺，春將歸去，不禁湧起一股黯然的愁緒，隨著遼闊蒼茫的視野，飄向天際。瑰麗的晚霞漸趨黯淡，餘輝如煙似霧，籠罩大地，使萋萋芳草，染上一份迷離的色彩。他默默不語，良久佇立，又有誰能理解這份倚欄不去的寂寞與悽然呢？詞人由遠望而春愁縈遶，揮之不去；所為何來？並未說破。筆勢隱曲，已然為下片的激情，儲滿蓄勢待發的情緒。

下片「擬把疏狂圖一醉」，一筆宕開，將苦中作樂、力求解脫的心態，瀟灑地豁出。然而愁苦太過深沉，竟對痛飲圖醉的逃避行徑，也提不起勁兒，只落得「強樂還無味」的結果而已。幾經矛盾掙扎後，詞人終於勇敢地承擔起這份磨人的愛情；並以堅毅殉身的情操，對這份癡戀重新予以肯定：「衣帶漸寬終不悔，為伊消得人憔悴」的千古名句，正是一份堅貞不渝、殉之無悔的癡情。而這份解脫不了的癡、排遣不去的情，也就是讓他憑欄佇立、春愁黯生的情執了。

本詞詞境優美，層層鋪敘；纏綿的情思，與溫厚不捨的情感特質，可謂至情至性，感人至深，令人讀之而久久不能自已。

(三) 這首寄寓深遠的小詞，作於神宗元豐五年，即蘇軾貶於黃州的第三年，作者時年四十七。因忤王安石的新政，詞人已歷經無數的宦途磨難與人生險阻；韜光養晦日久，達觀的人生態度，亦漸養成。據《東坡志林》所載：「黃州東南三十里為沙湖，……予買田其間，因往相田。」途中遇雨，有感而作。

詞之上片即景抒懷：「莫聽穿林打葉聲，何妨吟嘯且徐行」：「莫聽」的刻意不去理會，乃不甘為外物所役的工夫；「何妨」則另闢一片境界，直抒胸臆：外在的風雨再大、挫折再多，只要自心不為所動，依然可以安詳自若地瀟灑行事。「竹杖芒鞋輕勝馬」：如漁樵般地混跡江湖，生活任真自然，心境遠比騎馬乘轎的顯貴生涯輕便自在。「誰怕？」那不畏風雨的堅毅，已然呈現。「一簑煙雨任平生」：面對人生的風雨困蹇，選擇處之泰然的灑脫，正是東坡焠煉後的生命境界。

過片三句，一路歸去酒醒、雨而復晴的實景，也含有走過風雨、迎向光明的意蘊；人生的艱難險阻，不也總有雨過天晴的時候麼！「回首向來蕭瑟處」，回顧來時風雨飄搖、困蹇難行之處；「歸去」，隱然有回歸自然的心境：「也無風雨也無晴」，全然一片雲淡風輕、船過水無痕的意境。

本詞文近意遠，詞淺意深，全然「縱浪大化，不喜不懼」的化境。這不啻是東坡練達人生的體悟，亦是詞人一生追求超越的生命寫照呀！

(四)　這首述嫠婦之悲的小令，是北宋滅亡，清照避難江南，歷經兵燹戰亂、喪夫流寓、通敵之誣、訴訟冤獄等種種流離困頓後，五十二歲時，在金華寫下的一首傷春小詞，兼寄身世之慨。詞意哀傷悽婉，悲切感人，傳誦不衰。

上片「風住塵香花已盡」，顯然在此之前，曾有一番令百花凋殘的暮春風雨襲捲而過。飄零無依的詞人，小困寓所，想到接踵而來的變故、風波雖已過去，然心情之鬱悶，可想而知。「日晚倦梳頭」的慵懶無緒，正反映出這份面對生活的無力感。「物是人非事事休」，感慨於人事的滄桑：丈夫的遺作《金石錄》還在手邊，人卻已不在人世；面臨年華老去的晚景，真是毫無指望，萬事皆休呀！「傾訴」是抒解苦悶的一種方式，然而「欲語淚先流」的深沉苦痛，令她欲語還休，而更加無奈了。

下片「聞說雙溪春尚好」，乍現的嚮往之情，令她興起泛舟散心之想；似乎也為她的解脫鬱悶，燃起了一絲希望。然而倏忽即逝的喜悅，立即被無盡的愁苦所淹沒：「只恐雙溪舴艋舟，載不動、許多愁」，排解愁緒之無望，再度使詞人的情緒，墮入無底的深淵中，而難以超拔了。

本詞由寫景而抒情而凝想，條理井然，情韻悠長，令人一唱三嘆，悲感萬端！不由得對這位才華出眾的女詞人坎坷的人生與淒涼的晚景，生起無限悵惘之情！

問題與思考

一、請問你對歐詞「人生自是有情癡，此恨不關風與月」的看法如何？

二、請問你對柳詞「衣帶漸寬終不悔，為伊消得人憔悴」的看法如何？

三、請問你對蘇詞「莫聽穿林打葉聲，何妨吟嘯且徐行」的處世態度，有何體會？

四、請問你對蘇詞「回首向來蕭瑟處，也無風雨也無晴」的超越心境，有何體悟？

五、請問你對易安詞「物是人非事事休」的人事滄桑，有何感觸？

延伸閱讀

一、《唐宋詞鑒賞辭典》，中國：上海辭書出版社。
二、唐圭璋主編，《唐宋詞鑒賞辭典》，中國：安徽文藝出版社。
三、葉嘉瑩著，《唐宋詞名家論集》，臺北：國文天地雜誌社。
四、龔鵬程著，《重樓飛雪——詞精華賞析》，臺北：聯亞出版社。
五、朱昆槐選註，《春夢秋雲——詞選》，臺北：時報文化出版公司。
六、張玲、蘇義穠編著，《鳳凰台上憶吹簫》，臺北：好時年出版社。
七、謝碧霞、劉漢初選註，《曉風殘月——宋詞》，臺北：時報文化出版公司。
八、朱昆槐選註，《雪泥鴻爪——蘇東坡詩詞文選》，臺北：時報文化出版公司。
九、曹淑娟著，《夢斷秦樓月——中國古典詩歌中的閨情》，臺北：故鄉出版社。
十、呂正惠著，《芳草長亭路——中國古典詩歌中的別情》，臺北：故鄉出版社。

錢昭萍教授撰述

〈金縷曲〉二首

顧貞觀

導讀

此兩首〈金縷曲〉乃清代詞人顧貞觀以詞代信，寫給友人吳兆騫之作。

顧貞觀（西元一六三七～一七一四年），原名華文，字遠平，號梁汾，江蘇無錫人，東林黨人顧憲成之曾孫。幼即習經史，喜好古詩詞，康熙丙午（西元一六六六年）順天舉人，擢秘書院典籍。少時與江南名士吳偉業、陳維崧等人交往，「飛觴賦詩，才氣橫溢」，與陳維崧、朱彝尊並稱明末清初「詞家三絕」。丙辰（西元一六七六年）館相國納蘭明珠家，與明珠子納蘭性德至為投合，甲子（西元一六八四年）返回故里，讀書終老。他工於詩文，詞名尤著。著有《彈指詞》、《積山岩集》等。

清順治十四年（西元一六五七年），一場震動朝廷與社會的考場弊案，牽引出讓世人驚羨的友情故事。這場考試被人攻訐主考官方猶收受賄賂，順治皇帝決定於次年親自監督重考，天子親御前殿，試場羅列武士，斧鉞森嚴，許多應考者如驚弓之鳥，且天氣酷寒，冰雪凍僵，如此肅殺苦寒的景況，複試者之文思紛亂可以想見，顧貞觀好友吳兆騫即捲入這場風暴中，因重考表現失常，被責家產籍沒入官，更被充軍至東北寧古塔，那裡天寒地凍，方拱乾〈寧古塔志序〉云：「寧古何地，無往理，亦無還理」。對於身為江南人的吳兆騫而言，此乃嚴峻無比的考驗。

此事件發生後，顧貞觀為吳兆騫到處求援奔走，爾後向太傅納蘭明珠的兒子納蘭性德求救，正是這兩首千古絕唱〈金縷曲〉，深深感動了納蘭性德，他向父親懇求相救，終於使吳兆騫絕地生還，於康熙二十年，吳兆騫獲赦歸京，此〈金縷曲〉詞也成為醇美友情的最佳見證。

文本

寄吳漢槎❶寧古塔，以詞代書。丙辰❷冬，寓京師千佛寺，冰雪中作。

季子❸平安否？便歸來，平生萬事，那堪回首。
行路❹悠悠❺誰慰藉，母老家貧子幼。
記不起、從前杯酒，魑魅❻搏人❼應見慣，總輸他覆雨翻雲手❽，
冰與雪，周旋久。
淚痕莫滴牛衣❾透，數天涯、依然骨肉❿，幾家能彀⓫？
比似紅顏多命薄，更不如今還有⓬。
只絕塞、苦寒難受，廿載⓭包胥承一諾⓮，盼烏頭、馬角⓯終相救，
置此札，君懷袖。
我亦飄零久，十年來，深恩負盡，死生師友。

宿昔⑯齊名非忝竊⑰，只看杜陵⑱窮瘦。曾不減、夜郎⑲僝僽⑳，薄命長辭知己別㉑，問人生到此淒涼否？千萬恨，爲兄剖。

兄生辛未吾丁丑㉒，共此時，冰霜摧折，早衰蒲柳㉓。詞賦從今應少作，留取心魂相守，但願得、河清㉔人壽，歸日急翻行戍稿，把空名料理傳身後，言不盡，觀頓首㉕。

註釋

❶漢槎：吳兆騫字漢槎，江蘇吳江人，與顧貞觀為知己，清順治十四年（西元一六五七年），因江南科場案，被流徙寧古塔（今吉林省境）。

❷丙辰：康熙十五年，即西元一六七六年。時兆騫居塞外已十八年。其後五年被赦南歸。

❸季子：即季札，春秋吳王壽夢的第四子。季子有賢名，吳王壽夢欲立他為王，季札不受，後封於延陵，號延陵季子，簡稱為「季子」。後常以「季子」稱姓吳者。

❹行路：指行路人，於此泛稱一般無關係之人。

❺悠悠：有遠、不相關之意。

❻魑魅：音ㄔ ㄇㄟˋ，指山澤中害人的精怪。

❼搏人：搏，音ㄅㄛˊ，指抓取、攻擊。

❽覆雨翻雲手：杜甫〈貧交行〉云：「翻手作雲覆手雨」。比喻人情反覆無常。

❾牛衣：用編草或亂麻為之，用來幫牛隻禦寒遮雨的

覆蓋物，類似蓑衣。這裡指粗劣的衣裳。

⑩數天涯、依然骨肉：意思是說即使遭遇遠謫，但骨肉仍然相聚在一起，這已經很難得了。吳兆騫被謫後，其妻跟隨至寧古塔同住十餘年，育一子四女。

⑪彀：與「夠」同。

⑫比似紅顏多命薄，更不如今還有：指吳兆騫的命運雖然坎坷，但還有比他更不如的受害者。

⑬廿載：二十年，意指江南科場案至今正好二十年。

⑭包胥承一諾：春秋時，伍子胥自楚逃吳避禍，他對申包胥說：「我必覆楚。」申包胥說：「我必存之。」爾後伍子胥引吳軍攻陷郢，申包胥緊急入秦求援兵，終復楚國。作者舉此故事為例，強調一定救援吳兆騫的諾言。

⑮烏頭、馬角：戰國時，燕太子丹到秦國當人質，請求釋回，秦王卻說：「烏頭白，馬生角，乃許耳！」燕太子丹仰天長嘆，烏頭竟真變白，馬亦長出角來。

⑯宿昔：往日。

⑰忝竊：忝，音ㄊㄧㄢˇ，自謙之詞。「忝竊」是對自己擁有之成就，感到難以勝任的謙辭。

⑱杜陵：指唐代詩人杜甫。杜陵在長安城外，杜甫曾居此，自稱杜陵野老，或稱為「杜陵布衣」。

⑲夜郎：夜郎在今貴州桐梓縣東。

⑳僝僽：音ㄔㄢˊ ㄓㄡˋ，憂煩之意。

㉑薄命長辭知己別：「薄命長辭」指貞觀妻子逝去；「知己別」謂兆騫遠戍。

㉒兄生辛未吾丁丑：吳漢槎生於明思宗崇禎四年辛未，顧貞觀生於崇禎十年丁丑。貞觀作此詞時年四十歲，漢槎年四十六歲。

㉓蒲柳：比喻身體衰弱。

㉔河清：古人以河清為天下太平、國泰民安之祥兆。

㉕頓首：書信中，尊崇對方的敬語。

賞析

「季子平安否？」一句彷彿尋常的問候語，實際上積累了多少年的牽掛與不捨。顧貞觀這闋

〈金縷曲〉，字字句句都緊貼著知己好友的心房來寫。吳兆騫被冤屈充軍邊荒的苦，以及「母老家貧子幼」的處境，顧貞觀最能感同身受，殷殷叮嚀，要好友在惡劣的環境中堅強忍耐；娓娓安慰，風暴中，仍能與親人依偎同住，已是不幸中之大幸，絕塞苦寒，但知己的溫暖承諾務必緊緊放在貼身袖子中。

第二首詞是顧貞觀對知己的傾訴自剖，歲月滄桑，看朝代更迭，無濟於家國，愧死生師友，更何況妻亡友別，自己究竟還能承受幾許傷心淒涼？只能期待好友團聚的一天「留取心魂相守」。人生一世，無論必須經歷多少風霜雪雨，但有一位知心人可以等待、可以互相給予溫暖，這也是何其幸運的事呀！

這兩首詞展現了人性最真摯動人的一面，使人興起對美好情義的憧憬，雖然距今已隔了三百年的漫長光陰，但顧貞觀為朋友肝膽相照的深情，納蘭明珠父子的俠情義氣，在悠悠遼闊的人間，寫下一段雋永佳話。

問題與思考

一、請書寫你所遇見或聽聞到的動人友情。

二、顧貞觀援救朋友的情意非常感人，但不認識吳兆騫的納蘭父子也義不容辭出手相救，此種義舉給你何種啓發？

延伸閱讀

一、金文男著，《詩情與友情—元稹、白居易》，香港：中華書局，1991。

二、盛冬鈴選注，《納蘭性德詞選》，臺北：遠流出版社有限公司，1990。

三、王鼎鈞著，《左心房漩渦》，臺北：爾雅出版社有限公司，1988。

賴玲華教授撰述

Note

Note

國家圖書館出版品預行編目資料

優・閱——中文閱讀與鑑賞／吳宇娟主編.
——二版. ——臺北市：五南, 2014.09
面； 公分
ISBN 978-957-11-7691-8（平裝）
1.國文科 2.讀本
836 103012328

1X9M 國文系列

優・閱
中文閱讀與鑑賞

主　　編— 吳宇娟
編　　撰— 吳宇娟　呂瑞生　李栩鈺　胡仲權　賴玲華
　　　　　魏美玲　林韻文　簡秀娥　錢昭萍　葉論啓
發 行 人— 楊榮川
總 經 理— 楊士清
總 編 輯— 楊秀麗
副總編輯— 黃惠娟
責任編輯— 高雅婷
封面設計— 黃聖文
出 版 者— 五南圖書出版股份有限公司
地　　址：106台北市大安區和平東路二段339號4樓
電　　話：(02)2705-5066　傳　　真：(02)2706-6100
網　　址：http://www.wunan.com.tw
電子郵件：wunan@wunan.com.tw
劃撥帳號：01068953
戶　　名：五南圖書出版股份有限公司
法律顧問　林勝安律師事務所　林勝安律師
出版日期　2012年9月初版一刷
　　　　　2013年9月初版三刷
　　　　　2014年9月二版一刷
　　　　　2019年8月二版六刷
定　　價　新臺幣310元